作鸟之欢

曹晨一 著

北京联合出版公司
Beijing United Publishing Co.,Ltd.

图书在版编目（CIP）数据

乍见之欢 / 曹晨著 . —北京：北京联合出版公司，2022.8

ISBN 978-7-5596-6208-8

Ⅰ . ①乍… Ⅱ . ①曹… Ⅲ . ①故事—作品集—中国—当代 Ⅳ . ①I247.81

中国版本图书馆 CIP 数据核字（2022）第 082026 号

乍见之欢

作　　者：曹　晨

出 品 人：赵红仕　　　　　出版监制：辛海峰　陈　江

责任编辑：高霁月　　　　　特约编辑：郭　梅

产品经理：唐鲁利　　　　　内文排版：任尚洁

北京联合出版公司出版

（北京市西城区德外大街83号楼9层　100088）

北京联合天畅文化传播公司发行

北京飞达印刷有限责任公司印刷　新华书店经销

字数 94千字　880毫米 × 1230毫米　1/32　6.5印张

2022年8月第1版　2022年8月第1次印刷

ISBN 978-7-5596-6208-8

定价：45.00元

◆ 序

　　基本音符只有七个，却能谱出无数动人的音乐。纷繁世界不过男男女女，却能衍生出迥然不同的故事。人非云泥之别，只有待事之异。对不同人持不同态度，不是我们对人另眼相看，而是为了把感情留给最值得的人。

　　对爱的渴望是写在基因里的，所以爱情的世界并不只属于情侣，而是属于所有心中有爱的人。我们穷极一生追求的，就是有爱的同类。

　　感谢如此有爱的你无意间在书架上拿起这本书。翻开它的同时，你已经开启一个全新世界的秘密入口。这里只记录爱情最美好的样子。我们可以习惯一个人，却不能假装爱一个人。虽深情不及"久伴"，但这"久伴"里少不得深情。我眼中爱情最美好的样子尽在这深情里，哪怕没有"久伴"，就像"crush"（乍见之欢）这个英文单词的意思。

有人说这种短暂又炽热的爱是一瞬间的礼物，有着跟酒精一样的致幻效果。你可以选择接受这个馈赠，也可以将其当作一场白日梦。乍见之欢的火花可以转瞬即逝，也可以燎原。不问结局如何，我只想记录这些耀眼的片段。

这个时代早已抛弃庞大叙事和狗血剧情，拯救世界的英雄不会帮你取外卖，外冷内热的霸道总裁也不会给你送上入秋后的第一杯奶茶，而普通人的悲喜都在这烟火气里缭绕。所以，我只想用最真实的笔触记录我最喜欢的年纪——不懂爱却最想爱，不了解自己却最想做自己，不明白世界却想改变世界——发生的故事。我把这些故事重新解构，压缩到我的文字里，你可以用最喜欢的方式解码出真正属于你的青春。

眼睛能看到世界的光影，耳朵能听到城市的振幅，鼻子能嗅到万物的气息，而心可以感知爱的冷暖。生命里没有那么多奇迹，离奇迹最近的一件事就是爱上你。我想陪着有爱的你，品尝奇迹的味道。

目录 C O N T E N T S

三辑

你是年少的欢喜

四辑

日月光华，唯你一人

◆ 前奏·催眠

写完这本书的最后一个字时，咖啡已经凉透。其实，咖啡因对我熬夜写东西没什么作用。上学时，哪天心血来潮打算通宵学习，就会猛灌一瓶咖啡，然后甜甜地睡去。这几乎成为我打算认真开始的仪式。

双鱼座者的"脑洞"可是很可怕的，不止自己深陷其中，还要拉其他人进来看看，然后拿着喇叭告诉大家，这里的一切都是真实的——每个微笑都可溯源，每滴眼泪都有温度，每个路人都很鲜活。

我相信幻想的世界是真实的，是因为有"意念成真"的经验。这最早大概可以细究到我刚记事的时候。从那时起，全家人就开始给我进行旷日持久的"我不是一般人"的洗脑，还从我的面相、生辰八字、性格、潜质等多个角度，给出自圆其说的证据。

所以，从小我就在幻想自己究竟会在哪方面出人头地——小学时想当歌手，初中想当作家，高中想当记者，大学想当主持人。工作之后，我不再是"作选择"的小孩子了，而是"全都要"的成年人。在同龄人开始清醒的时候，我还在做白日梦，唯一的长进就是知道凡事都得慢慢来，一件一件来。

想当记者？毕业就去媒体单位上班。想当主持人？电台节目一做就是九年，交出十亿点击量、百万粉丝的成绩单。想当歌手？那就写写歌。没人爱听，我就在节目里播，听众不听也得听！想当作家？自从我在电台节目里说出要写"10万字人生小说"的豪言……就给自己挖下了在电台出道以来最大的坑。真要下笔时，却始终觉得还没到时候，那些文字应该能串联起我梦境里所有的声、光、色、人、事、物，不能太草率。

有次我看了部校园题材的剧，一个happy ending（欢喜结局）却让我热泪盈眶。上学时最讨厌的校服，怎么现在看着那么好看？！我还在网上买了身校服，结果穿不进去，就扔衣柜里吃灰了。我突然觉得，有些东西正从我的生活里消失，必须在它们最美好的时候将其记录下来。就像我一定要趁发福之前留下一组形象照一样，让日后新认识我的人都惊呼："这谁啊？"

先是不敢轻易下笔，又在工作太忙的借口下一拖再拖，直到大家都不能出门的疫情期间，我喜欢的歌手接连创作了两张专辑，我才惊觉这才是有才华又努力的人的"正确打开方式"。于是，我打开自己录的第一期电台节目听，给自己壮胆：看，当初做得那么烂的电台节目，现在不也做得挺凑合的吗？！现在是时候弄一个让以后的自己嘲笑的文字作品出来了。

我记得初中时自己每天都在写东西，体育活动课跑回教室写，自习课偷摸写，宿舍熄灯后点灯熬夜写，然后寄到各个报社、杂志社，之后收集发表的文章，剪下来贴在笔记本上。后来，一批"80后"作家火了起来，看得我眼馋心热。雨停了，天晴了，我又觉得我行了。就像听说我喜欢的明星是在街上被星探发现的之后，我没事就穿得立立整整的，跑沈阳太原街瞎晃悠一样，我开始像写日记一样写小说，然后把一摞摞原稿寄到出版社。邮局离我的学校还挺远，我每次都找一个同学陪我去，然后请她吃根雪糕作为回报。毕业时她还在我的同学录上写道："总有一天我会在书店的书架上看到你的书。"我当时特别容易把别人的客气话当真，也容易被别人的质疑和无视搞得信心全无。一摞摞的原稿最终都石沉大海。我写了信，还放了好多邮票在信里，恳求出版社把不能发表的小说寄回给我。结果，我的信再次石沉大海。这个故事再次证明了备份的重要性。我这么记仇的人，当然还记得那家出版社的名字，所以这次出书我的唯一要求就是绝对不能是那家出版社，如果它还没倒闭的话。

高中之后，我立誓不能再"石沉大海"了，我得亲自"下海"。于是，我直接捧着一摞手写稿莽撞地敲开了出版社编辑部的门，毛遂自荐。那位老编辑赏面子地翻了几页，连说了好几个"不行""不美""不像诗一样美"，顺便吐槽了当时最火的几个少年作家，说真搞不懂现在的年轻人写的都是什么，竟然还有一群小孩子爱看。

那之后我就没再怎么写过东西了。反正我在太原街不也没被星探发现吗？有些事大概想想就行了。现在想来其实也挺好，至少经过时间的淬炼，人才会清楚什么是自己真正喜欢的、什么是虚荣的幻象。如果没有舞台和挥舞的荧光棒，我还喜欢唱歌吗？如果文字没有变成铅字，让爸妈拿出去把我炫耀成"别人家的孩子"，我还热爱写作吗？如果没有观众和称赞，我还喜欢主持吗？我想，我早已有了答案：开麦录音，哪怕没有听众；唱歌跳舞，即便没有粉丝；写作创作，就当没有读者。因为我拥有活在自己世界里的天赋，善于用富庶的梦境抵御贫瘠的现实。

"中二"时期，我喜欢的偶像曾在歌里唱"心中蠢蠢欲动的世界，我要让它长大"[1]。这个世界是真实的，有我的朋友，有我的爱人，有我的声音，有我最热爱的样子。在我的BGM（背景音乐）里，没人能试图改变这世界的运行规则，因为我是那个造梦者。

久候多时！现在，你终于翻开这本书，拥有了名为"槽子糕"的居民身份，立享大声笑、用力哭都不会被嘲笑的权利，一晌贪欢——与我的乍见之欢。我们同步贪恋的，不光是这人间烟火，还有一个即将醒来的世界……

1　出自韩国组合 H.O.T《我们就是未来》。

5

一辑

▍初见乍惊欢，久处亦怦然

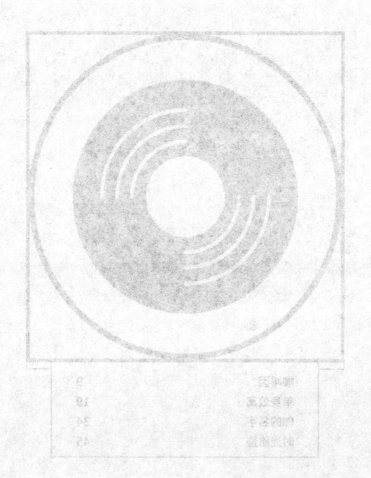

· 咖啡因

　　毕业就转正的感觉有多爽？我没体会到，我只体会到三个月没说过"整篇儿"话有多难受，而这种情况还要伴随着转正持续下去。直到我在楼下遇见她，一切都发生了改变。

　　三个月前第一天去报到，我穿着爸妈联名认证的"帅气、像个职场人"的杂牌西装，出现在一群穿着满是褶子的素白 T 恤加短裤配人字拖的同事面前时，我对职场的所有美好想象都幻灭了。原来职场剧都是骗人的。我的这份如同穿棉袄进澡堂般的羞耻感，则贡献给了窃窃私语的同事们，成为他们全天唯一的共同话题。

　　之后的每一天，除了工作，我不愿融入同事的任何闲聊，几乎失去了正常的语言能力。在大学寝室里卧谈到天亮的我，现在连说一句话都要使出全身的力气。最大的幸福感来自"今天一天都没有同事跟我说话"，同时又夹杂着一丝落寞和无奈。

直到转正这一天。

"怎么样，毕业直接转正很爽吧，社会人？今天中午你可得请客。"等电梯时，油腻同事的胳膊亲密地搭着我的肩膀，让我不舒服得整个左肩麻掉。

"啊，没问题，你想吃什么？我感觉，公司楼下那几家都吃腻了。"感觉自己第一次在同事面前抬起头来，像刚侍完寝的安陵容一样扬眉吐气。

从电梯出来，我边说边环顾四周，目光落在一楼大堂左侧那个靠窗的开放空间。

那里裸露的水泥和柱子上似乎要溢出的红砖石，看起来与周围浮夸的欧陆风格格不入，离老远就能看出这家店的一身"贵"气。唯有吧台旁那个被人写满字的黑板，还在廉价地维持着一家咖啡店该有的文青气息。

"嗯？这儿什么时候开了家咖啡店？"

"上周就开咯！"一个略带调侃语调的声音响起。

我循声看过去，站在起码五米开外的女生正擦着吧台，顺手把散到嘴边的一绺头发别到耳后。她弯下腰，手肘支着吧台，手托着下巴，显出店里一个人都没有时才会有的慵懒和玩味神情。

"这家还挺特别的，就去这儿吧。"我回过神，跟同事说。

"特别个屁，不就是没钱装修的清水房吗？"同事把胳膊从我的肩膀上拿开，甩手向大门外走去，没好气地说，"你先欠着吧，以后再说。"

我径直走向吧台，或许是因为甩开油腻同事让我如释重负，连步伐都轻盈了。

"你听力这么好吗？大老远就能听见我们说话。"

"说别的不知道，但你要说跟我的店有关的话，多远我都能听见。"她边说边笑着把菜单推到我面前。

"这是什么特异功能啊？"我胡乱翻着菜单，精神游离，跟上学时假装学习翻课本同款，只瞥到上面歪七扭八地手写着各种咖啡和餐点的价目。

"这是一种一周的流水只有500块就会产生的特异功能。我得敏感得能捕捉到每一个潜在的食客。"

"好吧，老板娘，我给你贡献第600块收入。一杯卡布、一份马卡龙。"

"别叫老板娘，我就是老板，老板就是娘。"她坏笑着收回菜单，转身开始丁零咣当弄起东西。

"总不能叫你娘吧？"

她回头喊了一声："你要叫娘了，我还哪儿来的第600块收入啊？"

那之后，我在公司即将失去语言能力的时候，就会跑到楼下的咖啡馆去。她的生意始终没有起色，我什么时候去都有一杯咖啡的闲聊时间。

"你怎么又中午来？不正经吃饭，就喝这越喝越饿的玩意儿？"她直接把一杯冰拿铁顺着吧台推到我面前。

"减肥啊。你知不知道咖啡因可以燃烧脂肪？"

"拜托，这里这么多奶和糖，要减肥也得喝美式好吗？！你每次来都愁眉苦脸的，要我看，又是工作遇到糟心事了。"她敲了敲戳在旁边的黑板，"你要有什么想说的心事，就趁我不注意写这儿好了，反正没人知道是谁写的。"

"没烦心事就不能来消费啊？那就退了吧。"

　　"咖啡可以退，钱就不退咯。"她拿着钱在我面前晃了两下，低头收了起来。右边不听话的头发又散落下来，她的刘海儿总是看不出精心梳理过，跟她笑的样子一样自然，比刻意经营出的效果更能打动人。其实我很少见到她不笑的样子。即便认真做咖啡的时候，她那微微上扬的嘴角也会让人多看几眼。

　　"要那么多钱干吗啊？我看你也不怎么化妆，不用买化妆品吧？"

　　"你知不知道化这种裸妆最费事了？算了，跟你也说不着，你就当我的冰清玉洁、肤白胜雪、肤如凝脂、吹弹可破是天生丽质吧。"

　　"怕不是把会的成语都用上了吧？"

　　"切，你当我只会泡咖啡，没念过书啊？我母校可是'985'！"

　　"那让你开咖啡店真是屈才了！"

　　"做不喜欢的工作才叫屈才。每天闻咖啡豆的香气就是我喜欢的事，多幸福呀！"

　　"还'每天闻咖啡豆的香气……多幸福呀'！"我夸张地

学她说话时眉飞色舞的样子，"谁不想啊？可我只能闻到办公室里的同事呼出的二氧化碳，还是臭的。我也想开家咖啡店，听着音乐闻着咖啡香，自己当老板。但不是谁都有你这么好的福气，可以做自己喜欢的事啊。"

她耸耸肩，没有理会我的后半句话。

"待会儿你就能闻到香味了。你们公司刚刚订了几十杯咖啡，大概是要招待客人。"

"哦？他们还有那情调？"

"装呗！之前就订过，客人几乎没喝，原封不动就倒掉了。"

"不识货。你应该跟我讲讲咖啡的好处，还有你的豆子，回头我教育教育他们。"聊着聊着，我总会不自觉地提高语调，像是逐渐充满电的音箱。

"以后再说吧，你都来半天了，快回去吧，我要给他们做了。"

我们聊天时，周围的一切好像都被虚化，我感受不到急着赶回公司的同事，感受不到旁边桌畅聊上亿生意、幻想改变行业现状的精英人士，感受不到行色匆匆的路人，感受不到一中午的时间是怎么一分一秒流走的。

"你都是用这种方法留住回头客的吗？"

"赶紧回去！老板要是把你开了，我的生意就更惨淡了。"

咖啡因的好处（网友给出的答案）：

1.止痛

我被老板下达的异想天开的任务折磨得头疼，到她那儿喝杯咖啡就能缓解。

2.防止脱发

她那随时会散落半张脸的头发就是最好的证据。

3.使人头脑清醒

遇到因没睡午觉而崩溃的午后，我都会跑去闻一闻她口中那能让人静下心来的咖啡豆的香气。

咖啡因的每一条好处都在她这里得到了验证。

"摄入200毫克咖啡因，你的新陈代谢率会在之后的3个小时里提升7%。抗氧化或许是咖啡和茶最大的功效，而咖啡因能够让抗氧化酚类物质的功效翻倍。有研究显示，每天喝2杯或以上咖啡的人，从整体上说，其死亡率要比不喝咖啡的人低14%。怎么样？用不着等你卖关子了。"我煞有介事地娓娓道来，像一个正确讲出自然现象的物理原理、等待表扬的小学生。

她挑了一下和头发一样淡淡泛黄的眉毛，眯起眼睛看着我："说吧，这段百度百科你背了多久？"

我们相视而笑，笑声在这工业风的店里显得很是空荡。

"你知道咖啡最大的魔力是什么吗？"

我被问住。

虽然嘴角的笑意逐渐淡去，但我仍不愿将目光从她脸上移开。午后的阳光铺洒下来，她脸上泛起平时在昏暗灯光下看不清晰的桃红色，微翘的微笑唇像是刚刚笑容的余波，在四目相接中泛起微澜。

从第一次走进这家店起，我慢慢恢复了正常说话的能力，这大概就是咖啡最大的魔力。

这安静持续了好久，久到我数清了心跳多少下。

这时我才意识到，咖啡因也有副作用。

它会使人心跳加速，就像现在这样。

它会让人上瘾，一天见不到她就会不安。

偶尔，它也会让人焦虑与紧张，担心有关那地方、那气味的一切细节会像它突然出现一样又突然消失。

"我来揭晓答案吧！"她率先打破安静，"咖啡还能让人遇到爱情。"

此时，我只感觉浑身的血液都流进了大脑。从发现咖啡店那天起，我喝过的每一杯咖啡的味道，此刻同时在我的味蕾上绽放。

"有个男生跟我一样，也有开咖啡店的梦想。"她放下手里的活儿，很认真地说，"所以，我打算找个更繁华的地段，跟他一起合开一家更大的店。"

我的心跳快停止了，在那不到半秒的时间里，我脑海里出现了很多美好的画面和流言。

"怎么样，羡慕吧？"

我没听懂。我将这句话在脑中反复顺了好几遍，才确认她说的事与我无关。我脑中的画面瞬间破碎，周围进进出出的上班族恢复喧嚣。

"真的吗？羡慕，我真的很羡慕。我就说吧，不是所有人都有你这么好的福气。"

"希望不要再遇到倒我咖啡的顾客了。哈哈，不过你以后可以去新店找我啊。"

我没有去找过她，也没有再去过一楼的咖啡店。那里换了新的老板，重新装潢后跟周围一样华丽，人气也越来越旺，可我再没闻到任何咖啡豆的香气，再没喝过有那么多功效的咖啡。当然，也再没有过喝完咖啡的那种心悸。

◆ 单身公寓

"我压根儿没收到唱片，为什么显示已签收？我已经下楼找过好几次了！你们今天必须给我个说法。"

我将手机摔到桌上，感觉全身的血液都要冲到头顶。挂掉电话的声音好像还在空空的房间回荡。来到北京后我好像就有了这种一发起火就停不下来的"能力"，因为有很多可以越想越气的空间。

这可不是收不到快递那么简单，而是一种你天天盯着物流，看着它经历海陆空运、清关，距离自己越来越近，开始憧憬拆开黑胶唱片、听到最爱的乐队的新歌时，期待全面幻灭的失望。

我走出房间去公寓前台，大门就那么敞开着，身无长物，无所畏惧。隔壁家门口凌乱地放着三双鞋，比上午我取外卖时多了一双。我沿着走廊走，隔着不隔音的墙听到下一家那对情侣还在吵架。不过，显然他们变聪明了点，知道放音乐掩护了。只是传到我耳朵里的，却是吵架声和"万物皆可DJ（电音舞曲）"的广场神曲的双重听觉冲击。走廊另一侧，有个男生永远敞着门。无意间瞟过去，他总是躺在床上滑着手机，一脸痴汉笑。我一直以为自己与他同为敞着门、没啥怕见人的秘密的"死宅"，直到刚刚看到一个高大的背影倚在他门口轻敲了几下门，声音低沉地说："你好，你点的外卖已经给你热好了。"

　　"这儿不是单身公寓吗？"

　　"是啊，怎么了，先生？"

　　面对我的呵斥，公寓管理员一脸蒙地看着我。我倒抽了一口气。

　　"既然是公寓，怎么会丢快递呢？我每个月都交管理费的。"

　　"先生，您别急，什么时候丢的？我帮您查下监控。"

　　就这样，我们开始盯着监控画面看漫长的回放。

　　"停！这个小哥放在快递架上的就是我的快递。"

"您怎么看出来的？"

"我买的是唱片。你没看它是扁的，还是正方形吗？旁边捆的那个圆筒是送的海报。"

此时管理员经历了今天第二次的一脸蒙，我告诉他从这里开始倍速看。现在，除了迫切地想知道什么人偷了我的快递以及为什么要偷我的快递，我对任何事情都没兴趣。

"停！回放这一段，就是她。"

我猜想过或许是衣衫褴褛的大爷大妈趁警卫不注意偷拿去卖废品了，或者是被面相猥琐的男人纯恶作剧地顺走了，也想过快递小哥压根儿就没把它送到这儿来，就是没想到偷走它的是个身穿一袭粉色连衣裙、垂着直直的长发的女孩。莫非她也能看出那是张唱片，打算拿去挂到二手网站上换支新口红？

"她是哪一家的住户？"

"这个，我再看下其他楼层的监控……有了，209。"

原来她就住在我的斜对面，在平日嘈杂、纷扰的公寓里，她的住所倒是一处闹中取静的存在。

我拽上管理员一起去找她。

"您好，我是公寓管理员。"

一阵凌乱的脚步声响起，她打开了门。午后的阳光透过落地窗直接洒在她的卡通睡衣上，她用右手梳理了下肆意飞起的头发，没察觉嘴角沾着奶油。我还没看仔细，就被她小拇指上的戒指折射的光晃到了眼睛。房间里流出轻柔的音乐，有那么一瞬间，我忘了来意。

"有什么事吗？"她的声音轻糯、细软，却还是让我差点消失殆尽的怒火复燃。

"请问，你是不是拿了不是自己的快递？"

听罢，她细弯的眉毛簇在一起，略微抬高了声调："不是自己的快递？你什么意思？"

"我看过监控了，你把我的快递拿走了。你要再看一遍监控视频吗？"

她警觉地在胸前抱起胳膊，不可置信地盯着我："请你说话客气点，你把我当什么人了？这一个星期以来，我只拿过一回快递，还是我自己的。"

在一时语塞的空当，我听清了唱片机播放的歌曲，正是我最喜欢的XCS乐队的新歌。那句"Calm down, or

you'll break down"（冷静！否则你会失控）是我还没听过的歌词，此刻就这么不合时宜地出现在对峙现场。

我无法"calm down"。

"那你不介意我进去看一眼吧？！"我不由分说地擦过她的肩膀走了进去。她叫了一声，管理员在后面尴尬地喊："先生，先生……"我直接走到了唱片机那里，旁边堆满了唱片盒子，最上面一个盒子的星空封面上写着"XCS"。

她彻底卸下理智的矜持，好像全身的气都提到了丹田，大声呵斥："你马上给我出去，否则我要报警了！"

我不知道是气过劲儿了，还是为了羞辱她，随手拿起唱片盒子，侧着头轻佻地说："报警？抓你还是抓我啊？这是什么？你倒挺有情调啊，还有黑胶唱片机。"

她冲过来抢走我拿起的唱片盒，怒气直接喷到了我的眼镜上："这本来就是我买的。"

"呵……"我真不知道自己为什么会幻想她会幡然醒悟，然后声泪俱下地请求我的原谅。怕是她说着说着，自己都相信了。我又走到门口，看到门上贴着写有"不省人室"的贴纸，此刻我真的希望她可以不省人事。我四处搜

23

索，发现房间角落的蛋糕盒子旁有个快递盒。我拿起来看了眼，冷笑了下。

"你也叫辰宥龙吗？"

她愣了一下，凑过来一把夺过快递盒，瞬间瞳孔地震。这次没有戒指的反光，透过她淡蓝色的眼睛，我看出她一时有些慌神。

原来她还戴了蓝色的美瞳。

"这……这怎么……我拿错了？"她刚刚的盛气凌人随着那声"拿错了？"瞬间泄光。

"你不会是想告诉我，你也买了这张唱片，然后恰好被你拿错了吧？！我可不知道有这么多人喜欢XCS。"

"真的，不信你看。"她又恢复刚见面时的轻柔语气，拿起手机翻了半天后给我看，"你看，我真的也买了。"

我刚接过手机，一个电话就打了进来，她边说"对不起"边拿回手机。

"喂……好的，谢谢。"她挂掉电话，抬头挤出个勉强的微笑，"你看，我的快递到了。实在抱歉，不过我确实也买了同一张黑胶唱片。你稍等下，我取完快递就回来。"

　　说罢，她和管理员一同离开。迟来的懊悔涌了上来——自己刚刚好像太冒失了，怎么看她都不像会偷快递的人啊！自己刚刚好像撂了很多狠话。我顿感手足无措，偌大的房间好像都没有能舒服站着的位置。我的目光局促地扫过整间屋子，衣橱关着，小小的书桌上堆着唱片机、音响和一厚摞唱片盒，床头摆着小熊夜灯，墙上贴着XCS新专辑的海报。屋子里有股淡淡的香味，分不清是化妆品、沐浴露还是香水散发出来的，混着奶油的香甜。

　　不一会儿，她跑了回来。"不好意思，要不，我把这个新的给你吧，反正我们买的都一样。"她把其中一份快递递给我。我接过来，被她这句话臊得脸直发热。

　　"你是不是热了啊，我把窗户打开吧？"

　　"呃……不用麻烦，刚才真是误会，真没想到同一座公寓楼里还有XCS的歌迷。我听说这张新专辑全北京只有个位数的人买。"

　　"你从哪儿知道的啊？"她轻挑眉毛，讶异地问。僵持许久的紧张气氛总算轻松下来。

　　"我问的客服啊。"

　　"你没事问这个干吗？"她戏谑地问，随手拖了把椅子在我旁边，自己则掀起被子坐到了床沿。

　　"好奇嘛！总是有人说XCS过气了，我还想过气了好，这样等疫情结束了，万一他们来北京开演唱会，我还能抢到票。不过，就目前这个销量看，演唱会怕是开不起来了。"

　　"也不能这么说，只是买黑胶唱片的人少罢了，数字专辑还是挺多人买的。而且，我喜欢现在的他们。年轻时他们一身反骨，盛气凌人得恨不得跟全世界唱反调，愤怒有时只是他们表现自己摇滚精神的一种情绪。"

　　"摇滚不该有情绪吗？没有情绪还是摇滚吗？"

　　"不是不能有情绪，而是不能只有情绪，至少要有内核支撑。就好像你女朋友生气，就是板着一张脸，也不告诉你因为什么。让你猜，你能猜到吗？过后还要怪你不懂她，这谁受得了？"她略显神秘地歪着头，冷笑了下。

　　"这歌可算让你听明白了，都听成男性知音了。"

　　"倒也不是我懂男生，而是我以前就是这种爱发脾气的女生。"

　　"所以'这谁受得了'是你的人生经验？"

"何止经验？是惨痛的教训。"她拍了拍刚刚取回的另一份快递，"看到了吗？前男友送的。"

她那上撇的嘴角好像是她时常展示的招牌调侃，这样不够友善的表情在她脸上却显得毫无攻击性，好像她随时准备自我剖析。

我有点后悔刚刚没让她打开窗户，此刻我的脸烧得更厉害了。

"你现在是要跟一个陌生人聊自己的秘密吗？这可有点危险。"要知道我们刚刚争吵完，就在 10 分钟前。

"危险？你吗？不会，喜欢 XCS 的人能坏到哪儿去？"这时，音乐播放到了专辑的最后一首歌 *Starlight*[1]。

"XCS 什么时候成为人品鉴定器了？我之前可看过他们的演唱会，歌迷中可是啥样的人都有，你不要'too young, too naïve'[2]！"

"你都说了，那是以前。今时不同往日。像你说的，现

---

1 中文译名为《星光》。
2 网络流行语，意为"太年轻，太天真"。

在可不是他们的巅峰时期了，多少跟风的歌迷都走了。就像这张备受诟病的新专辑，有多少人真正听懂了？都在骂他们丢失了本心，丢失了态度。可我觉得，这张专辑恰恰是最有态度的，无病呻吟不是态度，是做作。"

她的每个字都说到了我心里，我差点忘记，除了网络评论，生活中还有默默感受音乐的人。难得遇到投机的人，我跷起二郎腿，准备从贸然造访变成"长期作战"。

"你说说看，他们的态度是什么？"

"我一遍都没听完，就被你打断了……"她"扑哧"笑了下，算是这长篇大论中承上启下的过渡段，"你永远会在XCS的音乐中听到银河、宇宙与爱。按下播放键，我时常在只开夜灯的房间里幻想自己置身于星空之中。"

"很浪漫哟！你这么浪漫，你前男友知道吗？"我战战兢兢地开启这个危险的话题，又像是某种试探。如果她没觉得被冒犯，故事将朝着更加喜闻乐见的方向发展。

"他？他太知道了。"她漫不经心地说，用看穿一切的眼神看着我，"这没什么。这年头，别说萍水相逢的邻居了，就是网上互不认识的陌生人，都能推心置腹，恨不得将自己本来就不丰富的感情史打包发给对方。你以为的我的个人隐私，已经被精炼成几十个字的歌曲评论，被几万人点赞送上'热评'了。"

"原来是'热评'红人，失敬。下回记得把我的名字也带进XCS新歌的热门评论里。"

"或许可以等到我们的故事线变得更长一些时。总不至于拿错张黑胶唱片就让我公开道歉吧？！"

"看来你和前任的故事线够长。"

她假装不耐烦地站了起来，嘴里嘟囔着："你怎么对我前男友这么感兴趣？要不我把他的微信推给你？"电视下放着高及膝盖的小冰箱，她拿出玻璃瓶矿泉水递给我。我接过一瓶，微微发热的手指碰触冰冷的瓶身激起一团水汽。这是XCS在去年的新歌首唱会上喝过的同款矿泉水。她一定和我一样，幼稚得想买来试试喝完会不会也有同款的磁性嗓音。

"如果你还留着前任的微信，我倒不介意你推给我。"

她重新坐回床沿，深深沉了口气，有一种要开启长篇演讲的气势。"我可没那么幼稚，还在玩'分手就拉黑'那一套。我们也没闹到老死不相往来的程度。"

"那是……"

"走不下去了。"

"这是什么老夫老妻式咏叹调……"

"我们在一起五年了，要论起来，恐怕比现在很多夫妻在一起的时间都长。我们是在XCS的演唱会上认识的。"

"他们来过中国吗？"

"出国看的啊。正因为偶然遇到了中国人，我们就聊开了。当时我刚毕业，想请一个星期的假去看演唱会，领导没同意，我就直接辞职了。"

"正常，看演唱会的机会不多，工作机会倒是有的是。"

"我就是这么想的！"

她拍了下大腿——一个过年时七大姑八大姨八卦到兴头时做的动作。

"我很难跟不懂的人解释为什么一场演唱会对我这么重要。那些歌陪我走过了最艰难的时期。现在想来，他当时就不懂，还说了句有钱人的世界他不懂，因为他就在那儿留学。热恋'上脑'的时候，我们总是暗示自己两人有很多共鸣，很了解彼此，我们就是同一个世界的。时间一长，我实在没法儿再骗自己。就像他说'XCS不再愤怒'一样，他只想听到释放与嘶吼，他不需要听到任何内容，只要能喊就行。"

"原来这是'粉头'和'脱粉者'之间的爱恨情仇。"

她放下水，说："你想得太简单了。这不仅仅是听歌取向的分歧。很多事都和听歌很像，看起来一样，其实很不同。不管怎么说，他今天还给我点了个我最喜欢的草莓蛋糕。我知道他一定会给我点这个，就自己先吃了。分开后，我最怕这个味道了。送给你吧。"

回到我的房间，突然感觉屋子里只剩下刚拿回来没拆封的蛋糕。住了这么久，我从未感觉屋子这么空。

那之后的几天，我再没有遇到她。我试过在不同的时间段出门，早上8点、9点、10点……我好像很了解她，却连她是做什么的都不知道。路过她门口时，也再没听到过她放音乐的声音。但那蛋糕、那瓶矿泉水，在我的记忆里都好像有了不同的味道。当我按捺不住对她的好奇，就会听到那句"Calm down, or you'll break down"。唱片播到最后一首时，我总会躺在床上，拉上窗帘，只留一盏夜灯，想象此刻浸染我周围的这片星空，是否跟她的连在一起。

在家办公的某个午后，XCS乐队又空降了张新专辑。这或许就是才子们的精神世界。就在我们在家躺出腰脱的疫情期间，他们却做出了两张温暖人心的唱片。

黑胶唱片还在漂洋过海期间，我打开了听歌软件，边听着新歌Reunion（《重逢》），边打开评论区，心不在焉地滚动着鼠标滚轮，直到看到一个眼熟的账号"不省人室"。

上一张专辑发布的时候，我还沉睡在上一段感情中，打算换个城市重新开始。就在我等来XCS黑胶唱片的那天，有个人唐突地闯进了我的"不省人室"。因为那么相似的感觉，我开始害怕有那么相似的结局。我仍是只身一人来到上海的，就让我再盲目地相信一次音乐的力量吧。XCS这一次依然没有迎合大众，做出大家期待的样子。他们让人相信，我们共同热爱的生活，会让一切对爱情的盲目破碎。所以，CYL，听说武康路这边的一家咖啡店下礼拜全天播放XCS的新歌，你会来吧？我想醒来了。

我反复刷新评论区，1万、2万、3万……直到10万赞将这条评论送上"热评"。我开始相信，其实XCS也没多过气，只是没人愿意再买黑胶唱片了。

我加了她的微信——不省人室。

"……你怎么知道我的微信号？"

"你忘啦？我拿了你的快递，快递盒一直没扔，上面有你的手机号。"

"我以为你会私信我，没想到你比我想象中聪明多了。"

"我买了草莓蛋糕，一起给你带去。发给我咖啡店的地址吧！"

"草莓蛋糕？我最讨厌这个味道了。"

"我会让你重新喜欢上的。"

"你就这么自信？"

"就像你相信我一定会看到评论找到你一样。"

"那你有时间来？"

"唉，领导不给假，我就辞职呗！"

· 你的名字

"你叫什么名字？"

"大家好，我叫顾文诺，是新来的设计师，请大家多多指教。"

我正了正胸前的工牌——它还没沾染我的体温——然后抬头扫视了一圈一眼望不到尽头的工位和埋头其中的打工人，而我即将成为他们中的一员。

我身边好像从来没有阴阳平衡的时候。大学读艺术学院，一水儿漂亮妹子；毕业后来到互联网公司，混迹在技术部门，周围全是男生。朋友都以为我身为"万绿丛中的一点红"，一定会受到众星捧月般的待遇，坐拥端茶递水、扇风投喂的强大后宫，却想不到我早晨出门前对着镜子花了一小时用心搭配裙装制服，此刻在一群男人前做新人的初次亮相，都没能引起多少人抬起他们埋在显示器后的头。偶有几个与我四目相对，也都在面无表情、目光呆滞地放空。

也是，在这样的大公司上班，人名都没记住可能就卷铺盖走人了，大家早已习惯"来者熙熙，去者攘攘"。

我识趣地长话短说，报完姓名就坐在了新工位上，有交集的总会认识，不认识的说再多也记不住。"你先熟悉一下工作环境，下午我开始给你安排工作。"领导说完走回了自己的办公室。

我刚刚登录微信，晴天的消息就进来了："怎么样姐妹，新单位有帅哥吗？"

我又悄悄抬头望了下，生怕刚才错怪了谁，看到的却是一水儿满是褶皱的T恤，偶有几个外面多披了件红黑相间的格子衬衫，配褐色及膝短裤和夹脚拖鞋。要不细看，怕会以为是统一工服。

"别提了，全军覆没。"

"去头可'食'的也无？"

我又看了看坐在两边的同事：右侧的老大哥挺着看上去胎气已稳的肚子，大腿上的肉争先恐后地往勒得紧紧的裤口挤去；左边的大哥佝偻着后背，竹竿儿粗细的身板艰难地支撑着无比膨胀的头。我轻叹一声，回道："截肢亦不可。"

我变了，我不再是那个在艺术学院闲逛，时不时惊呼一声"快看，男人"的我了。现在的我宠辱不惊、安分守己。

艰难地熬过一上午，极其充实地安装完了所有陪伴我未来"摸鱼"岁月的软件并设置自动登录。午饭食不知味。一眼看不到希望的日子就这样开始了。

下午我捧着笔记本早早地来到会议室，随后推门进来的领导开口说道："来这么早，不睡午觉吗？"

"我择床。"我应该是脑袋宕机了，智商都放弃开启职场求生模式了。我们面面相觑，就在脚趾下三室一厅即将竣工之际，呼啦啦进来一堆人——一堆长相千奇百怪、衣服丑得统一的同事。

"正好赶上周会，我们部门来了新人，文诺。"领导随手指了下屋里的人，对我说，"文诺，这些都是跟我们的工作有交集的其他部门同事，未来你都会接触到。"

我礼貌地点点头，转头无意间瞥到一个穿粉色帽衫的男生正在看我。说来奇怪，我以前最讨厌男生穿粉色衣服了，今天看来那搭配竟如此明艳动人。他脚上穿着普通牌子的球鞋，样式也普通，但擦得白亮。没等看清他的脸，我就赶紧躲开了他的眼神。

之后的几天，我开始了制式的职场生活，运动步数几乎全部由往返厕所贡献。我终于记住了同部门同事的名字，却始终不知道那天那个粉衣男生叫什么。每次从厕所回工位，我总能看到他，他就坐在我身后几排的地方。不是我格外留意，实在是那件粉色的衣服在黑压压的人群中太有辨识度。

第一天经过他的工位时，他正低头忙着什么，只有粗粗的眉毛隐约露出来。

第二天经过他的工位时，他用手托着脸，不知道在想什么，微显粗犷的脸部线条好像被他的粉色衣服消解得没那么锐利了。

第三天经过他的工位时，他双手支着桌子，正站着跟对面的人说着什么……好像在交代工作。就在我把所有注意力都放在侧耳听他的声音上时，我的视线开始模糊。我想过，配着这张脸的应该是富有磁性又低沉的声音，然而他的音调略高，轻柔得像没变声的男孩子。

第四天经过他的工位时，他正好迎面走过来。我不知道他看没看我，余光一扫到他，我赶紧收回目光，像是在做什么见不得光的事。擦肩而过的瞬间，我冷漠的表情应该没露馅儿，耳机里气场强大的歌正在帮我壮声势。他应该没听到吧？尤其是我那随着鼓点跳动的重重心跳声。

这些天，我靠着这些记忆拼图逐渐拼出他完整的样子、他的声音……还有他的味道。

周末的早晨，我早早地跑到全上海潮男最多的商场。那时才十点，上班时我也没起这么早过。不对，不是起得早，是没睡好。他身上淡淡的味道在我身边萦绕了一天，有点甜腻，又有点让人上瘾。阳光下的青草？浸过汗液的香熏？少年身上的奶油香？不对不对，都不准确。

"请问男士香水在哪儿？对，送男朋友用。"

"这一排都是，您选选看。"

我从第一瓶开始挨个闻了一遍。草本、酒精、烟草……柚木、柑橘、海洋……前调、中调、尾调……

"不好意思，我再看看。"

是沐浴露的味道吗？

香氛、古龙、薄荷……运动型、醒肤型、清爽型……

也可能来自洗衣液、护肤品、洗发水、精油……

我像个商业间谍一样拿起一瓶瓶一罐罐的东西，闻到快嗅觉失灵。忙活儿了半天，我终究没找到他身上那种味道。

我从没这么期待过上班，没有他线索的日子开始变得无聊。

"领导，我来了有段时间了，好像一直没跟坐在身后的那个部门有过交集。"

"你最好别期待有交集。你现在接的需求还不够多，是吗？"

"不是啦，我就是好奇，他们是哪个部门的？"

"他们啊，这一片都是产品组的。"我仔细看了下领导指的区域，应该包含他。

我打开邮箱，查看整个产品组的成员名单。zhengming@cc.com、qingyu@cc.com、liuwei@cc.com、wudi@cc.com……哪一个是他的呢？看他跟别人沟通的样子，应该是个领导。公司的群发邮件中，经常被抄送的来自zhengming和liuwei。zhengming？怎么听都有点老气，跟他的气质不太符合啊！难道是liuwei？刘伟……像个老实人的名字。

"刘伟……"我心里想着这个名字转过头去。在层层叠叠的格子工位中，他的一抹异色在只有黑白灰的画面中格外突出。我伸出手指，轻轻触碰画中的他，仿佛眯起眼睛就能感受到他刚刚蒸发完汗水的凉凉的额头，还有湿湿的刘海儿扫过我的指缝。

"文诺，你做的这是办公室瑜伽的动作吗？"右边大哥的声音让我瞬间失焦，我白了他一眼。没几个月，他那圆润的肚子已经发展到即将临盆的尺寸。看吧，这才是现实的人间。

这些天我上班时总是心不在焉，恨不得天没黑就回家，伴着耳机里专属于我的"气场歌"，踩点迈着六亲不认的猫步推开公寓大门。

"嗨，文诺。"一个轻柔的声音在我切歌的安静片刻喊住了我。粉帽衫、白球鞋、浓密的眉毛、粗粝的下颚线、被汗水微微打湿的刘海儿……他？

"刘……刘伟哥？"

他浅浅地笑了，凑了过来："你怎么知道我叫什么？"

"你不也知道我叫什么吗？"我不想再假装冷漠，

生怕把他从这梦境里吓跑。

"我……我其实……找你有点事。"

他略微有些迟疑。他可爱的样子率先打破了紧张的氛围，我欢欣地说："我就住楼上，不嫌弃我家乱，就去坐坐吧。"

他点了点头，留半个身子的距离跟在我后面。

"随便坐吧。对了，你怎么知道我住在这儿？"

"你别误会，我不是跟踪狂，我也是无意间发现我们在同一地铁站下车的。这附近有三家公寓，我挨个等了一晚上。不太幸运，今天是第三晚。不过，我本来也只是想碰碰运气。"他有点得意地介绍了他的推理过程。

"拜托，除了公寓，这附近还有好多居民楼呢，好吧?！"

"你不太像会住那里的人。我也是凭感觉猜的。"

就像我感觉他不会叫"zhengming"一样吗？

"那，哥，你今天找我是——？"

他迟疑了片刻："啊，其实也没什么，我想问问你这个公寓住着怎么样。房东家的孩子突然要回来住，我就这么被扫地出门了。"

　　我没忍住，"扑哧"一声笑了出来。这个理由未免太牵强了一点。

　　"这里还挺好的，清静。不过，要排好久才能有空房……要不，你先……暂时住我这儿吧。"这大概是我今生说过的最勇敢的一句话。当然，我也知道，他找到我说这些下了多大的决心。

　　如果你愿意踏出一步，我愿意走完剩下的九十九步。

　　他眼中闪过一丝诡谲，走完我们之间的最后一步，那个我每晚惦念的味道也随之扑了过来。我深吸了一口气，不自觉地后退了几步。他接连跟了上来，专注地看着我的眼睛，直到把我逼到墙边。我双手扶住他的肩膀，象征性地撑起我们之间最后的安全距离。他温柔地牵起我的手，顺势环上他的腰。房间确实清静，我能清楚地听见彼此逐渐急促的呼吸声。

　　他歪过头，嘴唇向我慢慢靠近……

　　"我家只有一套被子，今晚就委屈你了。"我们心照不宣地笑了，紧紧地拥在一起……

想到这儿，我的脑袋阵阵酥麻，意识慢慢变模糊，又可以甜甜地睡了。我把小熊抱枕抱得更紧了，对它说：刘伟哥，晚安。

"文诺，你来一下。"

我下意识地捧着笔记本跑到会议室。领导说："文诺，这是公司的产品经理刘巍。他这边要做个新产品demo（基础版本），你支持一下。"

我失落地回到工位。

原来他不叫"liuwei"。

我站起身，假装在嘀咕："外面还下雨吗？"我说着转过望向窗户的头，顺势朝他的位置看去。他没在。我赶紧走了过去，路过他工位时使劲看了一眼。他的笔记本上为什么没贴工号？桌上也没有工牌，只零零散散地摆着天蓝色的水杯和耳机。桌下放了双拖鞋，旁边的袋子里塞着那件粉色的衣服。

又是没有任何线索的一天。

之后，我慢慢发现，他只偶尔在午后换上那件粉色衣服，并没有常穿。橙色、黑蓝撞色、卡其色都是他偏爱的颜色……在素色成片的公司里增添了一抹色彩。

枯燥的工作逐渐压得我喘不过气，在公司总会血压飙升，只有他的存在让人解压。

没多久我就递交了辞职报告，马上要去一家小公司报到。

临走那天，我只挎了一个小包。

我应该让有关这段时光的记忆变得更深刻些。于是，路过他的工位时，我死死地盯着他，努力看清他的眼睛、鼻子、嘴巴，看清他工作时的细微表情，看清他衣服上的图案。他抬头看向我，这一次我没再躲闪。我们不会再见面了，我无所畏惧。

我一边往外走，一边看着他，直到回头也看不到他。我从来不知道工位到电梯的距离这么远。

我走出公司的时候雨停了。青草的味道好像最接近他的，只是这味道一点儿也不让人上瘾。

你，叫什么名字？

◆ 时光旅迹

手机终究还是没留住。换过屏，换过电池，换过各种配件，它还是原来的手机，又不完全是。自从不再用诺基亚手机，我这个"数码杀手"就重出江湖了。这个周末我推掉了所有的局，安心在家备份手机文件。只有这时，我才能认认真真地检查一遍里面都存了些什么。

相册半天都滑不到底儿，除了那些来不及删的自拍和闺密丑照，全是上课时拍的PPT课件。不知道上课时是谁给我的信心，让我觉得日后会看这些老师发到手里我都不会翻开的东西。

欸？这是谁？

我突然看到一张陌生人的照片，还是偷拍视角。看样子是在地铁上拍的，日期是去年的。又是手滑？删掉。

等等，好像想起来了！我赶紧返回已删相册，恢复照片。

　　这是我在去机场的地铁上拍的。看到他的第一站，我只觉得他穿得真单薄。那是早春时节，我还穿得跟只熊一样，里三层外三层。春风不度玉门关，更吹不进山海关。不过，有了"立春多时"的理论基础，想必街上穿得少的人也有底气跟穿得多的人相互鄙视。

　　我还没来得及分析他的衣品，第二站时乌泱泱上来一堆人，相互推搡，借着涨潮般的架势向我拥过来，直接把我挤到车厢连接处的角落。这么冷的天，人群里还是散发出恶臭的汗味，刺穿口罩钻进我的鼻子里。他也被挤了过来，右手绕过我的头顶扶着我倚着的车厢壁，强撑出一点点空间。不管后面的人多拥挤，他都撑着没挤到我。

　　这一点点空间刚刚好，他在我前面像是一道屏障，把汗臭味和拥挤的人群全都隔绝在外，包括地铁行进的嘈杂声音，只留一点点若有若无的心跳声和他身上淡淡的香水味。我的视线只能看到他卫衣上的英文，是我不认识的单词。ECS……虽然我直勾勾地看了那几个字母整整一站地的时间，但没记住后面写了什么，只记得他从呼吸略微急促到胸脯的起伏渐渐平缓，大概也有一站的时间。

　　第三站又上来多少人我完全看不到，只感受到他离我更近了。眼前那几个字母被放到最大，直到失焦。我喜欢他卫衣的触感，摸着像是在水里浸泡后在阳光下晒到蓬松的绒毛。我的手只在他站不稳晃动时才会和他的卫衣若即若离地触碰。他的心跳一直维持着有人拥进来时的节奏，他身上散发的微烫热度朝我贴过来。大概是地铁里密不透风，我脸上的温度迟迟没有散去。

　　不知道他的视线定格在哪里，我只顾埋头逃开他胸前的起伏。他修长干净的手随意地搭在行李箱上，手指似乎在随着耳机里的声音轻轻敲打。他喜欢听什么样的歌？或许是慵懒风格的爵士乐。我猜的，是素昧平生的我根据自己发动全身感官收集到的信息分析得出的结论。他手指敲打的频率就是性子的急缓，他散发的气息就是在家的状态，他穿衣的风格就是审美的取向，他衣服的材质就是拥抱的触感，他呼吸的节奏就是热情的浓度……

　　到第四站时，下去了一堆人。车厢恢复安静，只剩下几个带着行李箱的乘客，大概都是去机场的。他拉着行李箱找位置坐下，我从他围起的空间抽离，空气瞬间没了味道，阵阵风涌进来。我用余光看到了他坐的位置，如果紧跟着他坐在旁边就会略显刻意，这空荡荡的车厢里谁不是恨不得离他人八丈远。我的视线死盯着他对面的座位，没有一丝瞟向他。我走过去坐下，用双腿夹着行李，手放在上面，假装在不经意地玩手机。点击常用应用，打开、关掉，打开、关掉，打开、关掉，大脑没留一点精力在手机屏幕上，手只是在下意识地动，以免别人发现我在做什么丢人事。

滑到"相机"时，我突然来了灵感。我打开相机，拿着手机的手不断调整姿势，尽量不让摄像头正对着他，同时打开广角镜头。这应该就是大部分人玩手机的姿势，又刚好可以看到他的全身。我得意一笑，别人大概只觉得我在看短视频。

他穿着我平时最不喜欢的褐色鞋子，不过他穿着倒是挺合适；竖格条纹运动裤视觉上把他的腿拉得老长，上衣是字母卫衣；黑色口罩戴在他瘦小的脸上显得有些空荡。他长长的眼睛上面有一条直直的眉毛，顺毛发型除了显出洗过的柔顺，没有任何一点刻意装扮的痕迹，整个人看着就是高中年代会在艺术节弹吉他的可爱学长：干干净净的样子，不争不抢的性格，简简单单的行头。所有这些都决定了他不会是女生们结伴上厕所时讨论的人物，但总会有懂他的人视他为人群中最特别的存在。

到第五站，地铁开到了地面上，阳光识相地全洒在了他身上。距离机场越来越近，已经没有上上下下的人了，整个车厢就剩我们几个。坐在对面的人偶尔瞟向我，我心虚得假装在屏幕上滑来滑去，屏幕上始终是他，失焦、对焦、失焦、对焦……

他好像在手机上刷到了什么有趣的东西，笔直的眉毛和细长的眼睛同步弯出弧度，放大，放大……透过我身后的玻璃窗投进来的光线忽明忽暗地打在他长长的睫毛上。虽然我刚刚闻到了他身上淡淡的烟草系香水味，可此刻他浑身上下好像都散发着奶油香。我的拇指按向拍照键。

"咔嚓……"

该死的，我怎么忘了静音？！我的手慌张地抖了下，差点没握住手机。对面的几个人同时抬起头看我，包括他。我来不及思考，把手机举高，右手贴着脸比出我这辈子拍照都没比过的剪刀手。确认他们都重新低下头玩起手机，我才尴尬地放下手机，后怕地猜想他看我的目光是什么样的。他看着这么"人畜无害"，绝对不会嘲笑我是个坐地铁都要自拍的"土鳖"，最多无奈地看一眼我这个自恋的可笑少女。

我关掉声音，重新熟练地摆出刚才的角度，更大胆地拍了几张。那些照片里，有的他刚好闭了眼睛，看着傻乎乎的；有的旁边人正抬头看镜头，太抢镜了；有的光线不佳、画面暗淡，看不清他的脸……全部删掉。我挑来挑去，只留下最好的两张。左右反复刷了好几次，我总觉得它们没啥区别，但又好像好看得不一样。

这个做作的姿势摆太久，手都酸了，我甩了下手。接下来无聊的时间做点什么呢？刷视频，没啥意思；玩游戏，不太好玩；看朋友圈，不新鲜……我发现无关他的事都变得乏味起来。那就帮他修修图好了。

放大眼睛，丑了丑了；美白一下，过了过了；瘦瘦脸、拉拉腿，假了假了；加个滤镜，怪了怪了。我这号称百万修图师的人竟无从下手。算了，照片本来就已经很完美了。他本来就是这么简简单单、干干净净的一个人，任何的修饰和改变都显得画蛇添足。

"机场站到了。"

我抬头看他，这是起身下车前非常合理的动作，我无所顾忌地盯了他一下。他反倒慌忙把手机放进裤兜，站了起来，动作跟我刚才偷拍他发出声音后装自拍一样地不自然。

反正不会再遇到了，反正我戴着口罩呢，我就那么难以自抑地笑了出来。我好想看看他手机里有什么好玩的东西。

正想得出神，地铁停了下来，我这种"平地摔"选手照旧打了个趔趄。他好像时刻准备好一样，一个箭步冲了过来，用手腕挡在我肩膀后面。

我回头时正好看到他慌张的样子，有点后悔。刚刚我应该顺势晃动得幅度大一点，这样他就不会用绅士手了。"谢谢。"我不太好意思地对他说，这种窘态跟丰富的内心活动实在落差不小。他只笑弯了眼睛，比说再多话都更能打动人。

门开了，他拉起行李箱拉杆，第一个下了地铁。我紧跟在他后面。确切地说，我们顺路，我可以放肆地看他，虽然只有背影。

他用蓝绿色曲别针收紧了衣服，露出我这种身高的人都能两手轻松环抱住的腰身。穿这么单薄，怎么看都和我不是同一个目的地。这个时间点，去机场的路上没几个人。尽管我和他保持着距离，也没有任何路人遮挡视线。

我们就这么走到了机场。我全程没拿起手机看，只在到机场时看了眼指示牌——左边 T2，右边 T3。他朝右边走去，我没有很失落，只是盯着他消失的方向出神，直到一个电话打进来。

"我到机场了。嗯，马上值机，八点就到……嗯……不用接，我自己坐地铁就行了。"

登完机坐下，我又打开手机看了下那两张照片，然后扭头看向窗外。机场里好几架飞机在备飞中，不知道他在不在其中某一架里。因为他，这个无聊的午后有了一抹颜色，就像那抹透过舷窗扑进来的斜阳。

想到这儿，那时的画面依然清晰，只是不再明艳。时移世易，照片上的他还是那么清爽，惊艳了那一日的时光，直到那一天与更漫长的岁月重叠，消失在格式化的手机里……

二辑

烂然星辰，皆不如你

◆ 倒数一分钟

"还有一分钟。"

"还有一分钟干吗？"

"还有一分钟11点啊，寝室就要熄灯了。"

我大大地伸了个懒腰，对了下放在书桌上的表，这家伙真是有时间观念。我不自觉地"嘿嘿"笑了一下。

"还有30秒。"

老大冲着麦克喊"明日再战"，然后迷迷瞪瞪地关上了电脑。老二一手奋力地赶走苍蝇，一手不断地往嘴里塞莫名的食物。老四小拓捧着一堆洗漱用品出了寝室。只有我还在渐渐安静的寝室里噼里啪啦地敲打键盘。

"还有15秒。"

寝室楼下满是依依惜别的情侣，女送男的狗血场面成为中文系男寝楼下一道"生男生女都一样"的亮丽风景线。

楼门口，大爷煞风景地大喊："小伙儿还回不回寝室了？我要锁楼门了。"

"还有10秒。"

我在对话框里打出"马上断电了，我下了"，手指在回车键上空犹豫了一下，然后猛按删除，接着有一搭没一搭地胡侃。

"还有5秒。"

老大用脚踹开了门。这么短的时间，与其说他完成了全套洗漱环节，不如说用水把能见人的地方沾湿了。他把脸盆往地上一摔，对我喊了句："对着电脑傻笑一天了，你要成仙啊？"

"11点。"

"啪！"电脑黑屏。

"11点"连同句号还飘在屏幕上，在耳边响了一天的机器轰隆声此刻终于安静了。

"不是告诉你要提前关电脑吗？偏等断电了才关，我看你的电脑迟早要报废。"小拓揶揄了我两句。

我摸黑脱下袜子，闻了闻，还可以再忍受一天，于是爬上床翻开手机，找到最近的联系人JOJO，发送短消息："刚才电脑自动关机了，晚安，明天接着聊。"

没过几秒钟，手机在我耳边嗡嗡响了两声。我翻开手机："嗯嗯。"真简练，两个字就浪费1毛钱，傲娇得不像话。

这一天都聊了什么？好像也没什么，我聊我的普通话考级，她聊她的韩剧。每次我说"咱俩鸡同鸭讲"时，她都会说："别暴露我们的职业。"

躺在床上我才感到手指和肩膀一阵阵酸麻，右手食指疼得不敢弯曲。

半梦半醒间，手机又开始嗡嗡响，我强睁开眼睛看了眼，半夜12点了。不会又是办证的广告或者招聘男公关啥的吧？

"精神精神，'明天'到了！聊天！"

JOJO以为自己是偶像剧女主角吗？我对着放光的手机屏幕呵呵直笑。小拓的声音冷不防地冒出来："老三又发春了。"

神奇的是，我们每天都在胡侃，但我只记得最后一分钟的对话。这或许是因为匆促间的收尾像日报一样，能高度提炼一整天的对话。或许，只有最后一分钟才会让我产生紧迫感，觉得今天的对话真的要结束了。

这种即将逝去的美好，跟毕业季的心情一样。所有人都找到了自己的归宿，连伴随我四年的台式机都在一次次断电关机的折磨下报废，魂归废品回收站，除了我。

拍完毕业照，小拓不忘怂恿我找JOJO合个影，然后在我耳边嘀咕："四年间没日没夜地聊，你也没搞定她，投入产出比严重失衡，ROI（投资回报率）全校最低。"

"她不也没搞定我吗……对了，商学院在西广场合影，滚吧。"

小拓走后，我没怎么难过，就像JOJO每次告诉我她谈恋爱了一样。习惯是种可怕的力量，它让我在日复一日地扮演朋友的角色中逐渐入戏。作为朋友，我不该难过；作为男闺密，我甚至应该恭喜她。就像大一的某天，她在11点前的一分钟说："对了，睡前猛料，我已经跟那个篮球社的学长在一起了。"我愣了半天。我们之间的对话从来不用思考这么久。等我打下"恭喜"两个字，还没发送，电脑自动黑屏。

"——个屁！"我对着黑掉的屏幕啐了一嘴。小拓在夜色的掩饰下疯狂地挖鼻屎，以致说话声都跟着变了："电脑坏了是不是？我就知道会有这么一天。"

比起首次受到冲击的失措，大三她梅开二度时，我已成为合格的纯友人扮演者。

"别提那个渣男了，当时我就该听你的，他根本不适合我。都快毕业的人了，还觉得自己在赛场上挥汗如雨能吸引一群姑娘呢。"

"老天爷，愿他上班后的单位不再有篮球比赛。"

我不知道该怎么应和她，刚认识时碍于不熟，不敢畅所欲言；现在太熟了，反而不敢推心置腹。我这点小心思让她知道，或许会是种负担。

"唉，我怕是要孤独终老了。"

"不用害怕，有我在呢。武的实在不行，就来文的吧！"

我想告诉她，我的普通话考试拿了全校唯一一个"一甲"；我想告诉她，男生不光在阳光下打球时才有魅力，在灯光下播报新闻也不赖；我想告诉她，认清现实最好，不要再在人群中精准挑选最不靠谱的男生。我想告诉她："其实，我早已厌倦做你的朋友。"

"还是你懂我，今天我刚和一个播音系的学弟在一起了。人家是正经播音系的哟！不像你，还打算自学成才呢。"

我不确定自己有没有看错，不到一秒，寝室又暗成一片。我也不确定那天是怎么爬上床的，一切好像都在意料之中，包括心悸的感觉。

毕业后，我们好久没再联络。直到有天夜里 11 点，她突然发来微信消息："Surprise(惊喜)！我要结婚啦！"

我看着这行字读了半天，没有生僻字，可我还是不懂这到底意味着什么。我很没风度地锁屏，把手机扔回床头柜，假装她没发过消息。我瞬间想到了什么，又拿起手机，打开《我是金三顺》看了一会儿。这是她上学时最爱看的韩剧，她时常说："我也会像女主一样，到 30 岁还在为男人哭吗？"我总是回她："你会不会像女主我不知道，但你肯定会到 30 岁。"

我一集接一集地看，努力忘掉那个surprise。我不再像上学时那么害怕时间了，就算到了半夜，也不担心会断电。我们都没那么珍惜时间了，以至于这么多年都没几次完整的对话。

我好像也懂了剧中女主的感觉。以为到了30岁一切都会变得不同，直到伤口裂开才知道，原来内心深处的自己一直都在原地踏步。

"哇，你居然嫁出去了！"天已经开始蒙蒙亮，我关掉剧，故意挑这个时间回她消息，幼稚地进行最后一次"报复"。

"你这是起夜吗，大哥？"没一会儿，手机上居然弹出她的回复。

"咳，追剧来着。你这是没睡，还是起了啊？"

"没睡呗，结婚的事那么多，我连请帖都写不过来。"

"那我给你减少点劳动量吧，你就别给我写了，反正我最近手头紧，没钱给你随份子。"我确实不想去，一点都不想。她或许真的是到了30岁还在为男人流泪的韩剧女主，但我铁定不是笑着祝福喜欢的人"新婚快乐"的偶像剧男主。

"你不但不用随份子，我还能给你包个大红包。"

"干吗，做慈善啊？已婚俱乐部人士发起的关爱单身狗行动吗？"

"你这点口才能不能留到我婚礼上发挥？！你来主持我的婚礼吧。"

"你怎么那么会大材小用呢？我堂堂交通台主播去给你主持婚礼，你不怕我给你主持成二人转专场啊？再说，你之前不是说过，打算让你的播音系老公自己主持吗？"

"胡说八道什么呢？！我跟他一毕业就分手了。我老公是我的同事。折腾了一圈我才发现，还是同龄人更懂我，什么学长、学弟的，代沟太大。你懂我的，我还是需要懂我的人。"

"你懂我的，我还是需要懂我的人……"我特别想告诉她，作为中文系学子，最不该说出这么充满歧义的话。

我终于还是去了JOJO的婚礼现场，跟我曾幻想的场景完全不同，尤其是照片中的男主人公。微风吹过，新娘白色婚纱的裙摆拨弄着翠绿的青草，斜射进现场的阳光里混着

62

JOJO最喜欢的香水味……不，现在只有上一场婚礼办完留下的酒臭味，面前是喧闹嘈杂的人群。

JOJO慌忙跑过来，抓住我的袖子说："完了完了，他来不了了！"

"谁啊，哪个八竿子打不着的穷亲戚？"

"新郎……来不了了，我老公。他突然出水痘了。"

我一口老血险些没吐出来："出水痘？你老公几岁啊，还出水痘？

"都说了跟我同龄，问题是他小时候没出过。这可怎么办啊？"

"要不，改期？"

"那哪行啊？亲戚、朋友都到了。"她原地转了几圈，几经蛇形走位，又走回我面前，下定决心般拍着我的肩膀说，"只能靠你了！"

"靠我？"

我可不是什么安分的人。按照她喜欢的韩剧套路，我是不是该临阵顶替新郎，然后先婚后爱、逆袭上位？在我连剧情还没有想得更详细之前，JOJO不顾身着婚纱的新娘子的体面，朝我的后脑勺拍了下去。

"你又瞎合计什么呢？我是说全靠你主持撑场面了！"

"听说真爱能使人青春永驻，我想新郎、新娘的爱足够纯情到新郎重返童年。于是，我们的新郎今早出水痘了……"

观众一片哗然，"嗡嗡"的私语声逐渐发酵成阵阵毫不隐藏的笑声。我用余光看到站在台侧的JOJO好像没了跟我说话时的洒脱，局促不安地用手揪着裙摆。

"同龄的男生、女生，总是女生先长大，那么就让我们掌声欢迎已经成人不再发水痘的新娘，代表他们的新家庭上场！"

至亲们或许是为了鼓励可怜的新娘，爆发出我当主持人以来听过的最热烈的掌声。新娘同学那桌的人都站了起来，不知是谁在喊，也不知道在喊些什么。我只看清站在灯下的小拓正卖力地挥舞着双臂。他曾说过，如果有一天我和JOJO结婚，他会用追星般的热情在我们的婚礼上助威，"连哭带喊，一天80元"的那种。

我们的婚礼……台上的灯光强得我睁不开眼。恍惚间，我看到 JOJO 穿着一身白婚纱，面带幸福微笑地向我走了过来。这一刻起，镜头被按下慢格，我自私地将 JOJO 从容地走到我身边的这几秒钟无限拉长。她很美，跟我大一第一次见到她时一样美。我穿着西装打着领带，所有的隆重只为这稍纵即逝的一刻。台下，我们的同学笑得比我们还开心，小拓喊得好卖力，喊的是"宥龙、JOJO 新婚快乐"，对吧……

"谢谢你，龙龙。"JOJO 在我耳边的低语声把我拉回现实中。我这才看清，她脸上从来没有我幻想中的幸福微笑，只有难抑紧张的强颜欢笑。

"不怕，有我在呢。"今天过后，我不再有资格讲这样的话了，即便是用最小的声音。JOJO 身边有了那个我未曾见过的男人。

接下来的每一分钟是怎么过的，我不知道，我只是条件反射般地说着烂熟于心的主持词。

"接下来，请证婚人现场连线新郎。"

公放的手机贴着麦克。听着一声又一声的"嘟——嘟——"，我还在心存侥幸。

"喂，亲爱的……"

"新郎，你愿意……"证婚人开始说结婚誓词。我们彩排过，这个环节一共一分钟。终于，这一分钟我不用再撑场面，不用开口说一句话，可以心安理得地在晃神中倒数这最后的60秒。

还有一分钟。

"JOJO，你还有一分钟的时间说'不'！大声地告诉所有人，你不愿意。"

还有50秒。

"哪怕一瞬间，你是不是也有过和我一样的想法？"

还有40秒。

我们总是在不断地错过时机，拖着拖着就拖成了再也无法将它说出口的朋友。直到毕业吃散伙饭时，我才敢借酒装疯，抱着你说："别再遇人不淑了，到了30岁，你要还没找到靠谱的，我就勉为其难收了你。"你说这台词太土了，十年前的韩剧都不用了。

还有30秒。

如果我们的剧情可以重写，那应该是平平淡淡地在校园里牵手，在人工湖边的草地上，她躺在我腿上轻轻唱歌；图书馆里，我们相对而坐，偶尔用脚踢下对方；食堂里，相互喂对方米线，汤汁流得满嘴都是却假装不知，等着对方帮忙擦去；晚上在球场后的树林里漫步，趁着没人停下脚步深情热吻……我们就这样羡煞旁人地交往着，甜蜜得如同偶像剧里的男女主人公。

不对不对，这样太乏味，缺少看点。应该是，她每天跟在我后面叫"欧巴"，双手摆成心形。冬日我们在雪地里打滚，突然，洁白的雪变成红色——JOJO在流鼻血。我背起她一边狂哭，一边说"不用害怕，有我在呢"。路边的女生无不惊叹："哇，这个男人好帅，好有情！"结果确诊是白血病，JOJO被这个噩耗吓晕，不省人事。我没日没夜地守在床边，讲着我们认识以来的点点滴滴，给她唱她最爱听的《爱情买卖》。终于有一天，她被我温柔的歌声唤醒，病如医学奇迹般好了。我们手牵手去见双方的家长，结果发现我们是失散多年的兄妹。崩溃的我们无法面对现实，手牵着手跑到海边，一点点地走向一望无际的远方……

不行不行，这浓厚的"泡菜味"过于刺鼻。应该是，我们感情一直很好，直到毕业。之后，我挣钱养家，她继续读研。后来，她爱上了一位又高又帅又富的学长，我已经配不上她了，学长才是她的理想型。被无情地抛弃的我终日以泪洗面，酒不离手，胡子不记得刮，日渐憔悴。在伤痛中，我写了一些歌，被音乐人赏识并发表，起名叫"25"，大放异彩，连拿七项格莱美大奖，创下华人歌手的最佳纪录。JOJO后悔当初没有看到我的才华和内在，只肤浅地看到浮华的一面。她设计试图重新回到我身边，被我果断拒绝。她的学长则又找了一位又白又富又美的学妹，她最终沦为大家茶余饭后的笑柄。

不行不行，为什么总给自己这么苦情的设定？难道就没有让人嘴角疯狂上扬的"甜宠文"走向？

"老三又发春了。"我能想到，台下的小拓此刻一定想说这句话把我拉回现实，就像我跟JOJO没日没夜地聊天时，他在一旁吐槽我那样。那时的我总觉得恋爱过程中最美好的就是暧昧阶段，彼此恪守界限，还没释放强大的控制欲，在关心与不关心的猜想中玩味淡淡的甜头，好像一幅幅美好的画卷正在渐渐铺展开，又留有无尽的想象空间。"她好像喜欢我"看起来比"她真的喜欢我"更加迷人。

可那只是"看起来"，未得到的美好终不及得到的来得长久。人总会长大并懂得这些，就像不再出水痘的JOJO。

"我——愿——意！"JOJO大声地对着手机喊，台下爆发出一阵欢呼声。她的笑容此刻晕染出只属于她的颜色。这种笑容或许只有那个男人可以给她，这种踏实胜过我说过的每一句"不用怕"。

同学们撒了欢似的冲上台，欢天喜地。小拓悄悄搂住我的肩膀，小声嘀咕："这下你圆梦了吧？不管怎么说，你和她同时站在了婚礼的舞台上，而且只有你们两个哟！"

我一把推开他，坚定地看着他过于顽劣的嘴脸。我又不安分了："嘀咕什么嘀咕，要说就大大方方地说。"

我举起麦克，用掉今天最后一点力气，喊了声："大家安静一下，我还有最后一句话要说……"

台下觥筹交错的亲朋停下了寒暄，台上的同学愣在原地，JOJO的眼泪被大灯照得只剩一点痕迹。小拓瞪大双眼，摆出随时准备制止我发疯的姿势。

"请大家，祝福我们——"

1……2……3……我发誓，这是最后一次。

"的新郎、新娘，圆满——礼成！"

❖ 六月雨

四月樱花——爱情与希望

我站在讲台上，捧着昨晚在半梦半醒间写的作文。语文老师凶神恶煞地朝我吼道："快念啊！现在知道丢脸了啊？"

"我的梦想——我的梦想是成为一名教师，然后大刀阔斧地革新固有的教育方式。比如取消以成绩排名决定学生座位的偏激做法。学生交同样的学费，理应受到同等待遇……"

"行了，别念了。你要是对我有什么意见，可以直接找我说，不用拿自己的作业开玩笑。不过你倒提醒我了，按照这次的成绩，你没资格坐讲桌这一排了，现在就给我搬到最后一排去。"

在全班同学的注目礼下，我无所谓地拖着桌子往教室后方挪，桌脚蹭着地面，发出刺耳的声音。"就跟谁喜欢离你那么近似的，日常不是吸粉笔灰就是被淋口水。"我在心里嘀咕。

"我倒想给你同等的待遇，你珍惜了吗？"老师看着我，不忘补一刀。

离老师是近是远都无所谓，就是离水伊远了好多。收拾完新座位，透过书立中间字典矮出的一截，刚好能看到坐在第三排的水伊，即便戳着下巴也能看得清清楚楚。"视野不错！"我终于找到了安慰自己的方法。

早春时节，天还是黑得那么早，没到晚课，教室就得开着灯。她双手鼓弄半天，给自己绑了个马尾，这意味着她要开始好好学习了。自习课偷听随身听的时候，她总是披散着头发，用散落下来的头发掩饰穿过左手袖口的耳机，偶尔还在桌斗里偷偷翻歌词本，然后奋笔疾书。不多会儿，她就会把默写好的歌词折起来递给前座。那列的同学与我们相当有默契，看到是水伊的纸条，就直接一路传到我那儿。

我换座之后，传递纸条的路线变得略微复杂了点，不光要打扰一纵列的同学，还得横着传。整个晚自习，我一直没收到她的纸条。

我时不时地看向她，观察她有没有任何要给我传纸条的迹象，最后徒劳无功。

"水伊，水伊，水伊，水伊……"我随手在语文书空白的地方乱写着，偶尔抬头看向她。她正转头看着窗外，像是在观察还有多久下自习。随着转头的惯性，马尾在她干净的校服上扫了一下——我总觉得全班属她的校服最干净。从背后拥抱她，应该会闻到洗衣粉的味道。

开辟的新视角让我这节自习课心神不宁。她的侧脸看起来轮廓更加分明，灯就在她的正上方，照着她高挺的鼻梁。我故意大声干咳了一声，她没有听见，转回头去继续写着什么。我的笔随着她的动作同时写着"水伊，水伊，水伊，水伊……"。

挨到下课，我跑到她座位那里，用表情发问。

"我等下课直接给你呢。你离我这么远，半路让谁看了怎么办？"

"看你说的，咋的，还有什么秘密？"

"有……"她迟疑了下，见周围同学三五成群地走出教室，才递给我，"我先走了，你留着回家看吧。"

她有些反常地先走了。

目送她离开教室后，我急忙展开纸条，上面还是手抄的歌词。

在被写得密密麻麻的纸上，她用红笔圈出了两句歌词：

> 危言春 破碎秋千 踟蹰不如停止抱歉
> 只是你迟到一千年 黄昏后就不会有夜

那晚教室的灯光格外柔和。在空荡荡的教室里，我没敢笑得太大声，最好全世界都听不到。

关于水伊的青春故事已开场。

第二天一早，我就在"书立视角"就位，看着她走进教室，然后展开我事先放在她桌上的纸条。里面也是一首歌的歌词，用蓝色的笔圈出两句歌词：

> 你按了我的门铃 我终于从呵欠中苏醒
> 紧张兮兮 对你说一句欢迎光临

再怎么用力盯她，我也观察不到她的表情，料想她的嘴角应该扬起了同样的弧线，因为她正小心翼翼地把纸条夹到书里。我也一样，会把她传来的每一张纸条都收藏在语文书里，因为我很少翻开语文书。或许她是藏在数学书里吧？

第一节课好长，她最后一次传纸条过来时，一堂课的时间才过去一半。

"下次月考你争点气，坐到前面来，我可不想让全班同学为我们'鸿雁传书'。"

学习有什么难的？没点本事能上这所重点高中吗？先来死磕一下我的软肋！我翻开语文书，随便翻到一页，都能看到她写的纸条，不自觉地停下来欣赏。

同桌用手肘碰了我一下，悄悄地说了句："大哥，现在是英语课……"

之后的一段时间，我没再传纸条给她，也没再偷看她。要看就大大方方地看，这点距离算什么，不过就是第三排到最后一排的距离。

"宥龙，这回你打鸡血了？一下蹿到了第21名。我就说得看着你吧！这稍微逼你一把，成绩就噌噌往上升。你去第三排吧。"

这么小的教室，每排还放了八张桌子，靠墙、靠窗各两张，中间四张桌子挨着。水伊坐在第三排最中间的两桌的左边，按照我这回的名次，刚好可以坐在她右侧。

我没空听老师往自己身上揽功，搬着桌子径直走到水伊右边坐下。这只能怪她左边同桌的成绩实在太稳定。不过，至少这周我们俩可以像同桌一样挨着。

我坐下来看了她一眼。她的神情有点嚣张，看来她很清楚我成绩飙升的原因。

我们再没传过纸条。自习课老师不在时，我就会打开随身听，把一个耳机递给她，一个插入自己左耳。当听着同一个声音时，全世界仿佛只剩我们两个，这是我们唯一能营造出来的专属空间。声音是连接两个人最好的方式，我们是这么认为的。

"你知道吗？世界上最孤独的鲸一个朋友都没有，因为它的声音频率高达 52 赫兹，其他鲸鱼的只有 15 赫兹至 25 赫兹。所以，不管它唱歌还是说话，其他鲸鱼都听不见。"她曾这样跟我说。

"人也是啊，如果没有同频的人，永远是寂寞的。"

我们的频道终于同步了，能更清晰地听见彼此的声音。

某个周五午后——

"快，我中午去排队买了周杰伦的新专辑，来听听。"我们一起听了很多歌，有她喜欢的，也有我喜欢的，争执不下的时候就听《神秘嘉宾》和《迟到千年》。除了周杰伦的歌，这两首意义非凡的歌是我们的"最大公约数"。

没等我把CD拆开，老师走了进来，一声令下："周五了，开始换座、大扫除。"

从此，我们之间多了条过道，又退回偷偷传纸条的状态。那时我们都没意识到，一周后的状况更惨，她搬到教室最右边，我搬到最左边。

我突然觉得这样不太划算，一个月我们只有一周可以挨着听歌。

某个午后，我跑到她那儿，兴奋地把手里的盒子放到她桌上。

"这是什么？"

　　"蓝牙耳机，没听说过吧？！"

　　我边拆盒子边跟她介绍："这个是不用线的，连上蓝牙就能听。"我把一个耳机塞给她，一个自己戴上，得意地给她演示。

　　"科技改变生活啊！"

　　可惜科技也有局限。在我们肆无忌惮地偷听了三周歌之后，又分别坐到了教室的最两边。隔着这个距离，连蓝牙耳机也接收不到信号了。

　　"也挺好的，至少一个月有三周能听到。"水伊用手撸了下马尾，故作满意地说。

　　"这还只是一个教室的距离，不知道毕业后会不会是一座城市的距离。"

　　"只要频率对，就一直会有信号。"

　　在还没走出教室的年纪，我们有着在同一频道上听见彼此心跳的信心。也是在这个小世界里，我们第一次找到了可以填满人生全部重量的人。对于这样重要的人，无论得到多少，我都不会满足。

"你看看，这聪明的男生认真学习起来，成绩说上去就上去了。女孩子们得加倍努力，维持住优势。宥龙，去第二排吧。"

我本想再在水伊面前炫耀一番，不想正看到她冲老师翻了个大白眼。我克制住想笑的冲动，搬到了她前面。

之后，每天最让我快乐的时光从晚课变成第二节早课后的课间。

"眼保健操现在开始，第一节，按揉耳垂眼穴，脚趾抓地。"

当全班同学闭上眼睛，我的左手慢慢垂下，向后摸索，直到轻轻碰到她的腿，用食指指尖点两下以做暗号。她憋笑的气息总是从鼻子里喷出来，然后她会凑到我耳边，悄悄用气声说："色！"之后，她会将左手在桌底伸向我，直到广播里说"停"。五分钟的牵手时间让我觉得拥有了全世界，闭上眼，脑中绽放出耀眼的烟花。

六月荼蘼——开到荼蘼花事了

我们还是走出了教室，在春天正式来临的时候。

正午操场被阳光晒得微微发烫时，是水伊出来跑步的时间。虽然她对老师关于男生更聪明的话充满不屑，倒是信了老师说的常晒太阳会让人变聪明。一圈下来不过400米，她却跑得很艰难，鞋底几乎贴着晒得龟裂的跑道。说她在跑，其实只剩下手臂在摆这一条证据，确切地说是在竞走。我借势牵起她的手，带着她跑。

"你干什么，这么多人呢？！"她想甩开我的手，被我用力握住："没事，你跑不动了，作为同学帮你一下，团结友爱。现在是不是跑得轻松多了？"

她好似重新充满电，傲娇地说："这倒是。"

这些还是不够，放学前我悄悄买了口香糖揣进兜里。

"眼瞅着要下雨了，你要不要让你爸妈来接你啊？"

"没事，我带伞了。你肯定没带，我送你回去。"

虽然晒了几天太阳，但她的记忆力还是没提升。

"那走吧。"

"等等……"

她没问等什么。我们面面相觑，耳边的嘈杂声渐渐消失。我环顾四周，教室里的人已走光。我又走到门口，走廊上也没什么人了。我做贼心虚地关上了门，反锁，重新走到她面前。她的脸开始发烫，整个教室只剩下她略微急促的呼吸声。我拿出口香糖在她眼前显摆了一下，吐了一口气，说："想要一个蜜桃味的吻吗？"

我取了一粒放进嘴里，细细咀嚼。她还是低着头吐出那个字："色。"

她微红的脸在我眼前渐渐放大，我闭上眼，感受她的呼吸和搭在我腰间的手。

时间不知过去了多久，我贪恋着迟迟不肯结束，感受着从大脑传来的让人上瘾的信号流遍全身，直到双腿发软，瘫坐在旁边的座位上。我像刚在操场上跑完一圈一样，克制地小声喘着粗气。

她的手轻碰着软软的微微泛红的嘴唇，忍不住笑了出来。

"你笑什么啊？"我不自觉地跟她一起笑，打破漫长的安静。

"没什么，我也不知道。"

我们走出教室的时候，外面飘起了淅淅沥沥的小雨。我站在她左侧，为她撑起伞。我戴上耳机，右边耳朵里传来"Darling so it goes, some things are meant to be, take my hand, take my whole life too"[1]，左耳中是淅淅沥沥的雨声，依稀穿插着她的偷笑声。我忍不住问她："你是想说什么吗？总是欲言又止。"

她眼神澄澈地看着我，低声浅语："其实我喜欢苹果，要不下回试试苹果味的？"

我们的笑容温暖了彼此的时光。"*I Can't Help Falling in Love with You*"的歌声、蜜桃味的口香糖、六月的雨……之后的日子里，触碰每一个记忆碎片，都能再现有她的完整场景。

---

1 出自《情不自禁爱上你》（*I Can't Help Falling in Love with You*），歌词大意为：亲爱的，世事就是如此，有些事命中注定，握紧我的手，也握紧我的生命……

从教学楼走到校门口，就这么短的距离，细碎的雨还是打湿了我的左肩。要不，就彻底淋个透！我发神经似的跑到校门旁那棵树下。

"来啊！"我朝她挥了挥手，她疑惑地走过来："干什么啊？"

我一脚踹向树根，又迅速跑开，挂在枝叶间的雨水落在她身上。她尖叫了一声，双手擦过脸颊，傲娇又无奈地笑道："你无不无聊啊？！"

"再无聊的事，咱们两个人一起做就不无聊了。"我对这番诡辩露出满意的微笑。

"宥龙，别闹了，衣服都湿了，回头再感冒了。"

我妈什么时候来了？还等在校门口？她不知道看我们胡闹了多久。她瞟了水伊一眼。我见状赶紧岔开话题："妈，你怎么来了？"

"这不下雨了吗？路不好走，上车吧。"她上车之前，目光又在水伊身上停了一下。我顺着她的目光看向水伊，她摆摆手，淡淡地笑了一下。

第二天刚走到座位处，同桌就对我说："老师让你来了去办公室找她。"

我推开门，老师和站在她旁边的水伊应声看向我。水伊的眼睛红红的，像是刚哭过。我走到老师旁边，她桌上放着我的语文书。

老师拿起书，气哄哄地抖了两下，水伊写给我的纸条散落一地："说说吧，什么时候开始的？"

我有点发蒙，本能地反抗："开始什么？这不是水伊写给我的。"

老师把书翻开，找到满篇涂鸦的那一页，示威般地给我看，上面密密麻麻地写着"水伊"。

所谓伊人，在水一方。水伊说过，她妈妈生她的时候特别爱听邓丽君的《在水一方》，她爸爸也喜欢。那天的晚课，我听了一个小时的《在水一方》。她爸妈或许是因为这首歌相爱的，或者相爱时一起听过这首歌。可惜，我听这首歌时还只能活在成人设定的规则里。

教室窗外的花被六月的细雨打落，提前结束它们的花期，逐水飘零。水伊与我的青春就这么匆匆散场。

未曾相识
念你多时

作见己欢

曹晨\著

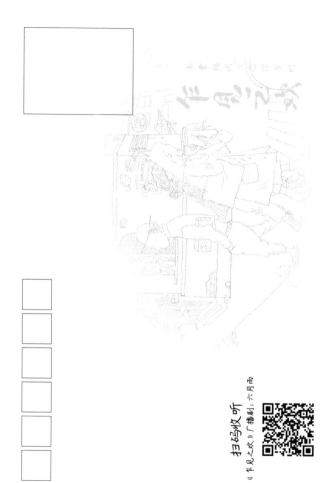

青春落英——一阵风雨，一片落英

"四级考得怎么样？"

"就那样呗，我得趁刚高考完赶紧过了。"

"哈哈，你已经预判了自己堕落的大学生活。"

"我本来就没那么爱学习。"

"那你能考到这儿来也是能耐。"

我没多说什么。室友搂着我的肩膀，接着说："快走吧，马上要下雨了。"

"待会儿有雨吗？"我突然想起了什么，"你先回去吧，我得出去一趟。"

地铁转火车，再转公交，我回到了待过三年的地方。我顺着大门往里张望，又一批不认识的学生行色匆匆地穿梭在教学楼和厕所间。就在熟悉的场景即将唤起些什么的时候，门卫大爷直接把我拉回现实："你干吗的？"

"噢，我以前是这儿的学生，路过随便看看。"

我只是随便看看，她不一定会来。当时被双方家长连番轰炸后，她跟我说："高考前，我们还是保持距离吧。"只是一个吻，就让我在不知多少个自习课出神；只是一个拥抱，就让我在不知多少个夜晚失眠。

曾经，她对我来说就是整个生命的重量。它坍塌时，我愤怒、心疼，仿佛被抽走所有。我不解，同频的人为何如此轻易地错开脚步。我以为自己一辈子都不会原谅她。最终只花了一年，当她逐渐成为我的回忆，我发现自己误解了生命的重量，只是她发现得比我早。

我从包中掏出她写给我的那些纸条，从第一张看到最后一张，上面写着："第三排和最后一排，好遥远。再等一年，或许天南到海北都很近。如果高考后你还能感受到我在同一频道上发出的信号，就在六月下第一场雨时回到这里找我吧！我会戴着你送我的耳机等你，另外一个耳机我送回给你，记得那天戴上。"

纸条已微微泛黄，不知道是不是因为沾到了雨水。我戴上右耳的耳机，播放音乐。不知道此刻雨中的行人里，有没有人左耳里正传出这样的歌声……

Wise men say

only fools rush in

But I can't help

falling in love with you

Shall I stay

Would it be a sin

If I can't help

falling in love with you

Like a river flows

surely to the sea[1]

……

1　出自《情不自禁爱上你》，歌词大意为：智者说过，只有愚者才会一见钟情，而我仍情不自禁爱上你。我该坚守吗？这会是深重的罪孽吗？若我情不自禁爱上你，像奔腾不已的江河，注定投入海的怀抱……

· 小编大战"键盘女侠"

　　耳机里的音乐碰撞耳膜，耳朵阵阵发痛。我拉紧衣服大步往前迈，前方甬道里的风不住地吹开我的刘海儿。外面簇拥的人群变得越来越清晰，整个出站口弥漫着紧张的气氛。"我去，为什么不让我走VIP通道？"不知不觉抬起头，熟悉的城市又呈现在我眼前。在外面等候多时的人们推推搡搡，不断朝我尖叫。我不想跟任何一个人的目光对上，以免对方不断地纠缠我。"别挤，不好意思，让一让。都冷静点，注意安全。"激动的人们丝毫没有沉寂之象，箭在弦上的压迫感喷薄而出。我无奈地挥挥手。

　　"我又来了！"一抬头就是熟悉的三个大字"北京站"。我迅速跑出站区，耳边不断飘来人们的呼喊声："小伙去哪儿？""住宿不？""你到底去哪儿，说话啊？！"

　　"今天拉了挺多活儿，呵呵。"不知排了多久队，我终于上了一辆出租车，师傅自顾自的开场白让我礼貌性地把耳机的音量调低了几格，"你这趟我都不愿意拉，离我家有点远，我本想直接回家的。"

"最近晚上经常有喝醉的酒鬼打车，昨天还吐了我一车。"

我特别佩服这位司机，就算我一句腔也没搭，甚至连礼貌性的微笑、点头都没有，他还是滔滔不绝地讲了一路，从他儿子的大学之路讲到国际风云变幻，从拉客遇到的奇闻趣事讲到历史老师都不知道的野史轶事。我一个又一个的哈欠声成为他演讲的唯一间奏。

我已记不得这次是"几进宫"，而我对北京的情感早已升华成老夫老妻的状态——充满抱怨和挣扎，但回来的次数总是比离开的多一次。凑合过呗，还能离不成？这里是充满机会的地方，却只教会自觉怀才不遇的我一点：机会再多，我一个也抓不住。

"你为什么想来北京发展？"人事专员们总是不厌其烦地问这个问题。

"为了我的音乐梦想。"

"为了离我的梦想再近一点。"

"北京有很多发展平台，有更多优秀的人，我希望趁年轻把握住机会。"

"我在北京工作几年了，积累了一定的人脉，适应了大都市的生活节奏。"

"我女朋友在北京，未来我们会在北京定居。"

这就是从小被奉为"人中龙凤"的我北漂的心路历程：一个心高气傲、呓语不断的应届生，逐渐将幻想中成为名人的泡沫刺破，成为人名。人还是现实点好，毕竟我是通过最后一个回答得到了一份工作，还是在交到女朋友前。爸妈比我更早"懂事"，他们的唠叨早就从"一定要在北京出人头地"变为"健健康康活着就好"。

我没告诉他们，我距离目标又近了些。虽然没能成为歌星，但我成了报道歌星的人；虽然没成为新闻记者，但我成了娱乐记者，而且刚入职就收到了报道顶流明星的任务。

"咱部门几个责编都去采访年底的颁奖礼了，这回你去跟李司学的新闻吧。他们公司的通稿我会转发到你邮箱，你准备一下，下午四点就发。"主编那委以重任的表情让如此无聊的事情平添了几分使命感。

我是想过我会红，但不是刚发完稿的时候。

就当我在茶水间享受美好的偷懒时光、煞有其事地抿着咖啡的时候，同事小王一边走过来接水，一边对我说："你是新来的小辰吧？百家姓里有辰吗？"我尴尬地点点头，表示听到了。

"恭喜你啊，刚来就完成KPI[1]了，我看你那篇李司学的报道已经上热搜了，评论量也爆了。"

我惊了：李司学，之前我没听过你，今后我感谢你。

我赶紧回到电脑前打开微博。

#李司学　深夜与嫩男亲密搂腰#

这个标题……

"马上就会有'李司学否认传闻''李司学称嫩男只是好哥们儿''李司学工作室发律师函'的热搜，你信不信？"小王神出鬼没地跑到我耳边说，"欸，你也是网红啊！你看，

---

1 "Key Performance Indicator"的缩写，指关键绩效指标考核。

这里提示你有999+条评论。"她指了指我的微博账号，然后识趣地走开了。我睁大眼睛点开评论……

"我不想骂你，怕被赞到明年……"

"实在闲就找个班上，少盯着我家帅哥……"

"替我'问候'你全家，搞营销号不怕遭报应啊？！"

"帅哥的事我劝你少管，堂堂正正跟好友聚会罢了，他还是'素人'时交往过女友，粉丝都知道，少在这儿混淆视听……"

"感谢姐妹们的传送门，就××你叫'潜龙勿用'，我看你是挺无用的……"

"送我上去，别给他炒作热度了，咱坐等官方回应……"

……

我红了，发黑的那种。

"被骂了？正常！我们所有人都轮过一圈了，'键盘侠'都挖出我老公的微博了。恭喜你正式通过入职培训。"小王又在我身后飘过。

他们在骂什么？报道里不过就是几张李司学跟哥们儿搂着腰的照片罢了。要是我在朋友圈发张和田橙的同款合影，几乎就是"0赞"的下场。他们却哭号得如丧考妣。我只是在做我的工作啊！我有工作，真正闲得需要进"厂子"的人是他们吧？！

我的微博评论提示跟失控了一样，点开查看，清零，然后数字瞬间飙升。

这帮"人才"是怎么挖到我的微博的？我去查看私信列表，鼠标滚轮哗哗往下滑，半晌才滑到底，找到第一个给我发私信的人"XS的SX"。

此刻之前，我都没发觉这类看起来像乱码的昵称加上明星头像的账号背后真的有真人。"终于被我找到你了！那篇文章是你写的吧？！你这么缺德，你家人知道吗？举报'反黑站'不谢。"

反……黑……站……是什么组织？入职培训时没人提到过。

我点开她的微博，一水儿花痴数据流，日常转发李司学微博。再看个人资料……地点，美国；学校，伯克利音乐学院。哈？伯克利毕业的人会喜欢李司学的歌？校长得气到连夜辞职。

我还是有负父母嘱托，没能健健康康地在北京生活，上班第一天就血压飙升，破防就在一瞬间。这帮人竟然组团来找我"对线"[1]啊！真想用二十几年丰富的吵架经验教会他们什么叫"舌战群儒"。匿名在网上骂一嘴就拉黑算什么能耐？

"好，就你了，始作俑者。"

我翻开平时最爱听的《曹晨脱口秀》，找到实用战术系列金句——吵赢"键盘侠"有诀窍！

Round1. 你若认真就输了。阴阳怪气加虚与委蛇，让他一拳打在棉花上。

我缺不缺德不要紧，你又不是我的粉丝。你哥哥夜生活过得足够精彩，你晚上才能睡个好觉不是？！

---

1 游戏术语，用于多人在线战术竞技游戏（MOBA），指游戏双方在兵线上对峙。

这位"侠客"还算讲究，我将消息发过去后，不但没看到一个惊叹号，还很快就收到了回复——

人不要脸真是无敌！我哥哥能拿下时尚杂志封面"大满贯"、数字唱片百万销量、微博千万粉丝，去国际舞台上发光……你这个废物只能靠偷窥别人的隐私哗众取宠。

Round2. 谁先进行人身攻击，谁就走向了穷途末路。攻心为上，打蛇打七寸！

你说得对，我就是浪费了太多时间跟"废物"交流，才被拉入"废物"的行列。要是我也能在开演唱会连观众席都坐不满的人气下号召粉丝砸锅卖铁买专辑，去国外颁奖礼蹭红毯被保安驱赶还坚持拍了几百张帅照，现实生活中没一个人听自己的歌，在网上却坐拥千万粉丝，炒个CP[1]上回封面，杂志就滞销一次，那我就算实现自己从小到大的音乐梦想了。

我压根儿不认识什么李司学，也懒得了解，不过我相信这么说也不算冤枉他。现在的明星炒作都有一套万能公式嘛。发完消息，我又前后读了几遍，真想转发给我的当代文学老师，让他看看徒儿出息了！在漫长的等待中，我产生了幻听，隐约听到了对方激烈地敲打键盘的声音。

Round3. 别让人忽悠"瘸"了，跳出对方的逻辑陷阱。

果然啊，狐狸尾巴藏不住了吧？你这个"学黑"是怎么混进媒体队伍的？！还是对家塞钱给你黑我家学哥？

---

1 英文"Couple"的一种缩写，原意是夫妻。该缩写盛行于网络，是观众给自己所喜爱的荧幕情侣起的称号，通常指想象中的情侣。

你家学哥？他也是"伯克利"毕业的吗？怪不得做出的音乐那么"曲高和寡"。你说我是啥"黑"都可以，我不过是个营销号工作者，你刚说过的。千万别用"媒体"折杀我。不过，我倒真没想"黑"他，毕竟男生间搂搂抱抱挺正常的。如果你非觉得这是黑点，那我只能"不辱你命"，努力做你眼中合格的"对家粉"，不然枉担虚名。而你不如匿名，继续用钛合金键盘敲出你哥哥的"彩色人生"。

Round4. 先兵后礼，小心温柔刀、回马枪。

你知道你随便写点什么会给别人带来多大影响吗？或许你觉得生活中男生之间这样没什么，可他是娱乐圈的人，你送上去的不光是热搜，还有无聊人的谈资和起浪的风。该说的我都说了，最后我只能说，我能查到你的私人微博，就能查到你的工作单位。

我立马回过去——

北京海淀区神游大厦11楼。

　　我被K.O（击败）了，因为我没想到她真的会无聊地找来。第二天，领导刚给我开完表彰会，前台妹子就告诉我门外有人找，我差点忘了前一天的隔空互骂。做传媒这行，写东西要走心，下了班就要"没心"，尤其跟网友不能有隔夜仇。他骂你不见得是觉得你错了，很有可能是因为他刚失恋，或者生活惨到只剩下上网的钱。你的"口吐芬芳"在他的脏话自动生成器面前不过是花拳绣腿，跌份儿不说，还吵不赢。

　　所以，这位同学不知会走哪条路线，是不是备好了硫酸打算送我进医院后再自己进局子，使娱乐新闻发酵成社会新闻，公司喜提热搜，梅开二度？

　　"半小时后我没安全回来，记得帮我报警。"跟小王说完，我推开门走了出去。

　　门口接待处坐着一个第一眼看上去文文弱弱的姑娘，看起来没有太大杀伤力。最主要的是，保安就站在她旁边。她正低头看着手机，深褐色贝雷帽挡住了她的脸，黑色长羽绒服和矮帮帆布鞋间隐约显出粉色袜子。这样一个看起来专研学术、没时间顾及时尚品位的人，怎么都跟在网上与我对骂的"键盘女侠"的形象联系不到一起。

"您就是……'笑死的死笑'？"又到了"网友奔现"最尴尬的喊名环节。

她应声抬起头，错愕地看着我。难道我解码昵称出错了？

"呃……'学术的思想'？"

"辰辰？你不认识我啦？"

有那么一秒，我怀疑她把我的真实姓名也挖出来了。只顿了一秒，我脸上就"复制粘贴"了她刚刚的错愕表情："雪思？真的假的？"刚才的全副戒备解除了，"你怎么会在这儿？你就是那个……'小说的缩写'？"

"就这么会儿，你已经给我起了三个名了，上学时就看出你有这样的本事。我叫啥，我的偶像是谁？"

"雪思……'雪思的司学'？我倒是没往那么幼稚的地方想。"

雪思站了起来，除了衣着不复当年青嫩，时间倒没在她脸上留下太多痕迹。上学时她在女生中就是平民女神般的存在。不比校花们自恃美貌不得亲近，雪思长相普通，却经常有种美女的氛围感。虽然成绩一般，艺术节上也看不到她的身影，但这样的"软妹"有着旺盛的"桃花运"。普通男生只会对这种没有杀伤力、仔细品味又略有魅力的家常风女生起色胆，还美其名曰"萌出'血丝'"，虽然那时她就已拥有时尚灾难般的品位。在美甲还不流行的年代，她三天两头地变换好像中了毒一样的指甲颜色，校服背面总是贴满亮闪闪的装饰，还用记号笔涂上某些缩写，供八卦的同学日常猜测她最近又迷上了哪位男神。

高二的某天，同桌田橙的手贱兮兮地"游走"在我腿上，用"撩骚"的气音低声跟我说："宝贝，你的初恋要来了。"

我打掉他的手，不耐烦地说："有屁快放。"

"今天我发现雪思校服上的字变成了CC，是不是指辰辰你呀？"他凑了过来。我几乎能闻到他午饭吃的是校门口的馄饨，加了醋的那种。

我装作无事发生，整个下午人都浑浑噩噩的，直到数学课代表"跑肚"，让我替他去办公室取试卷。

"别忘了让80分以下的同学把卷子拿回家让家长签字。我还有15班的课，我去上课了。"随着老师摔门而出，整个办公室只剩我一个人。我偷偷跑到每个老师桌上找卷子，一张一张地翻每个班的卷子，心里默默拼着："zx、jl、lw……"

好像都不是CC。

没几天，我们两个的事就成了同学们枯燥生活里的小火花，燎燃整个年级。

"这一题，辰宥龙上来做。

"另一题，我看看谁总错……来吧，颜雪思。"

全班同学默契地发出"哦……"的起哄声，我还能听到后排男生拍桌子的声音。我暗自窃喜了下，手里的粉笔停在黑板上没再动。调整好表情后，我借着回头瞪后排男生的机会瞟了眼雪思。她正低头踩着只有平时一半跨度的小碎步，时不时地跟路过的女生交换偷笑的表情。有了她某种意义上的"鼓励"，我任由嘴角上扬。

"鬼叫什么？都安静！"老师瞬间按了静音键，转过来对我说，"写啊，合计什么呢？！"

晚自习时，我们俩在同学窸窸窣窣的说笑声中被叫到了办公室。班主任、数学老师、副班主任"三堂会审"。

"我就开门见山地说了，你们俩……什么关系？"班主任率先发难，投来犀利的眼神。我和雪思互看了一下，谁也没有开口。

第二天体育课，雪思在我打球休息的片刻走了过来，坏笑着说："别人可都传咱俩谈恋爱呢。"

没多久文理分班，我们不能再像之前那样天天见面了。

"不是，你哭啥呀？！"

平时再怎么巧舌如簧，看着女生在面前哭，我一个字都挤不出来。雪思只是抽泣了一下，眼角酝酿多时的泪花最终因为蓄力不够而迅速蒸发。她的手扯着我的袖角，用一种人之将死的怜悯眼神猛戳我。一个刚刚让你心神不宁的女生梨花带雨地扯着你的衣角，是个"直男"都会迷糊一下。如果她再入戏一点点，我差点就当真了。当她卖力演出煽情戏码时，配合演出不戳破也是基本的绅士风度吧？

"舍不得我呀？没事哈，以后还是抬头不见低头见，我连楼层都没换。"

"你走了，我以后上课跟谁传纸条啊？"雪思终于艰难地开口，看来这一场戏要谢幕了。

"宥龙！宥龙！想啥呢，这么出神？"雪思伸手在我眼前晃了晃，指甲上没了花里胡哨的颜色，磨得发亮。

"没什么，我在想，你以前不是喜欢郭富城吗？怎么，口味变啦？现在喜欢李司学了？"

她没心没肺地笑了出来，好像忘了此行的来意："这你都记得啊？"

"你忘啦？当时我问你校服上写的CC是谁，你说是城城，郭富城。"

她眼中瞬间多了一层纱，看不清写了什么。她很快反应过来："嗐，这不上了年纪嘛，就喜欢小鲜肉。"她嘿嘿地笑，又一本正经地说，"对了，你为什么写李司学的花边新闻啊？还在网上跟我阴阳怪气的？不愧是你啊，说话还是那么损。"

"你知不知道，他的消息是他们公司故意放出来的？"

"不可能！这个新闻搞得网上乌烟瘴气的，啥好事啊？"

我示意她坐下，这可不是一句两句能说清楚的："你也看到了，爆出的照片那么清楚。那距离，相机就差没举到他脸上了。要不是他们公司的人自己拍的，这事谁发现得了？就连通稿都是他们的公关写好发给媒体的。要说上热搜，我们都没使多大力气。"

"那……他图什么啊？"

"这不是明面上的吗？你们总说让网友关注他的作品，他的作品不就是这些没营养的绯闻吗？上一部剧收视率'扑街'，演技也被骂，出的专辑总说是自己辛苦创作的，结果除了粉丝成箱地往家囤，路人听都没听过。这样下去，怎么维持热度？没有热度就没有资源，别说商演，代言也快掉没了。炒一个跟男生深夜亲密的新闻，既有话题度，又没有风险。事后只要声明两人是哥们儿就完事了，谁都不会当真。再加上你们这些粉丝到处给他洗白，他反倒成了受害者。"

"哈哈哈，我可没急着'洗白'他，就是觉得营销号成天捕风捉影，很讨人厌。见到你之前，我一直在想，那账号背后得是个多无聊、龌龊的人。"

"见到你之前，我又何尝没在想，这账号背后是个多无脑、空虚的人。"

"你呀，嘴上总是不输人。你说得倒也有道理，要是昨天你就这么说，我何苦来这一趟？"

"你以为这点料我能逢人就讲啊？看在老同学的分儿上，我才告诉你的！"我做作地扬起声调，"再说，你不来这趟，我不也见不到你。"

"可不是。不过我老公快下班了，我得回家了，改天再来找你。"

"你……你都结婚了？"我确信她没看到我脸上闪过的任何异样表情，只有为老同学开心的惊讶，"怪不得啊，穿衣风格都变了，这是想扮演好成熟女性的形象啊？"

"怎么叫演呢？！你是太久没见过我了。"

"拉倒吧。你那粉色袜子都藏不住了，还为了个明星背着老公来找陌生网友吵架。"

"要不咋说老同学知根知底呢！你知道得太多了，小心一点，现在你的单位地址我都知道了。"

她这句话听着一点不像威胁，反而让人想说句"欢迎光临"。我凑到窗前，看着她离开的背影，笑着嘀咕了一句：
"看来我得快点红了，说不定能成为她的新一任偶像。"

　　反正这丫头就是这么善变。

三辑

| 你是年少的欢喜

◆ STYLE[1]

我喜欢的男生，好像喜欢男生。

得出这个结论时，我的嗜睡症彻底被治好了。

程若吉，初听到这个名字时，倒也没察觉有什么特别。

那是在外语学院的迎新会上，他用流利的英语主持，让我这个四级词汇只背到"abandon"（放弃）的学渣两眼放光。

依稀记得，当年老师通知我们高考听力取消时我跳得比体能测试时还高。不承想，以前一直觉得自己是听不懂英语，听力取消后才发现其实也看不懂。正所谓"得不到的永远在骚动"。像程学长这种能学好英语的人绝非池中之物，必有异于常人的天赋和抱负。由此看出，我对他一见倾心、

---

1 意为"类型、风格"。

念念不忘，也绝不是因为他穿西装的样子透着斯文的气息，以及他流利地说英语时那富有磁性又性感的声音。

那天我也不知道为什么，鬼迷心窍地跑到别的院系围观迎新会。或许是一直觉得"外院"听起来就怪洋气的，还能逃掉一节晚课，顺便去去自己身上的土气。人们都说大学是最好的整容医院，素面朝天的高中女生只要经过大一的洗礼，就会蜕变成彩妆、穿搭方面的专家。眼看着室友们的外貌管理日渐精益，我却连丸子头都不会扎，只会扎马尾，还是最普通的那款，化妆水平更是一言难尽。至于穿衣风格，我也自成一派，随性而为，哪件衣服干了就配哪件。

在我差点忘记他时，在去食堂的路上，我又看到了他。真幸运，我洗头了。我穿了一件白色T恤衫，他也一样。我从来没见过男生这么适合这种纯白look（穿搭风格），阳光下更显出他匀称的身材、微微起伏的胸膛和饱满的臂膀，一切似乎都刚刚好。

我顿生一计，我应该在他宿舍楼下贴英语家教招聘广告，写明程姓男子优先，然后让故事顺着不可描述的剧情发展。室友林子劝我"中级"一点，用她的话说就是："不求你多高级，只求别这么低级。你这种思想很危险。"同时规劝我不要再偷偷翻她电脑里的"日韩文化交流文件夹"。

在林子看来，像程若吉这样的男生学校里遍地都是，不管身材、长相，还是声音，都普通得让人过目就忘。我说："你不懂。再壮一点就吓人了，再瘦一点就太文弱了，他的身材刚刚好；再帅一点就有距离感了，再丑一点就没眼看了，他的长相刚刚好；声音再低沉一点就做作了，再高亢一点就幼稚了，他的声音刚刚好。"林子只冷冷地说了句："希望你明天还记得今天说的话。"

之后的几天，我无论去哪个食堂吃饭、去哪个教学楼上课、去几楼上厕所，都能与程学长偶遇。林子说："还好厕所分男女，不然你蹲坑也能跟他挨着。"

体能测试时，我又看到了他。

刚刚跑完800米，我跑得披头散发，顾不得形象，一屁股坐在了草丛里。林子试图拽起如千斤坠般的我，还道："晚上附近住户经常来操场遛狗，草丛里肯定有不少狗尿、狗屎。"

我说："此刻就算有地雷，我也是被崩走的，不可能自己站起来。"

一回头，我看到了程若吉，他正捂着岔气的肚子跑1000米。我懂他，这种时刻，除了终点线，什么都看不到，50米之内雌雄难辨、人畜不分。几个男生在他面前活蹦乱跳，气他："若吉啊，你可真成'弱鸡'了。女生都跑完了，你还捂着肚子跑呢？""是不是来'大姨妈'了？"

他们笑得猖狂。是时候筹划一出美女救英雄的戏码了！我整理好头发，起身，带着女主光环朝终点线走去，脸上挂着邻家妹妹的笑容。轰轰烈烈的爱情就要开始了！我要让嘲笑他的幼稚鬼们都悻悻离去，于是铆足劲儿大喝一声……

"去去去，胡说八道什么呢？别捣乱。"

一个不和谐的声音打断了我的梦。他是谁？何以抢了我的戏份？！我还没寻思过味儿来，一群人作鸟兽散，嘴里还嘟囔着："那么多女生喜欢天哥，天哥的眼里只有hot chick[1]，真护犊子。"

被称作"天哥"的男生比程学长还高出一头，陪着程若

---

1 俚语，辣妹。

吉一起跑，温柔地说："调整呼吸，马上到了。"天哥一边鼓励程若吉，一边递给他手巾。程若吉无力地摆摆手，天哥直接伸手替他擦了擦额头上的汗。

"这也太有爱了……欸？那不是'刚刚好'学长吗？敢情是个有夫之夫啊？！"林子也看到了这一幕，欠欠儿地说。

我没理会林子，跑向终点线，怕再不离开会难以克制地踹飞她。毕竟，在斯文的程若吉面前暴露自己"败类"的一面，有伤斯文。我站在终点，把刚刚幻想的剧情续上：不管谁陪他一路走过来，他最终都要向我奔赴而来。

我躲到围观的人群中，看着程若吉满脸是汗地跑过来。我想象着"双向奔赴"，刚刚好。他脸颊流汗，汗水浸湿了看起来很单薄的素白T恤，旁边还是那个碍眼的傻大个儿，追着他喊："快了，快了，加油！使劲啊。"

等程若吉到了终点，我不自觉握紧的拳头才松开。天哥赶紧一把搂过程若吉的肩膀，程若吉这个平时看着挺"大鹏展翅"一男的，瞬间小鸟依人。我无暇再听他们之间的耳语厮磨，只听到脑中警铃"丁零"响个不停：这个情敌设置得超纲了啊。

什么烂剧本？女主还没出场呢，男主就已经出来两个
了。不能够！老娘风华正茂的十八岁不是给人当最美"炮
灰"的，就算不给我圆满结局，我也要当个恶毒的女配，成
为他们爱情不归路上的拦路虎。

我决定制造矛盾，拆解敌人。明明可以独自美丽的两个
人，为什么要成天"捆绑营业"？

"林子啊，我问你，你总说程若吉一般，那他和天哥比
起来，你更喜欢哪个？"

"当然是天哥啊，这还用问吗？光身高这一条，他就完
胜好吗？"

林子狠狠地搓了把脚趾缝，又凑到鼻子前闻了下。

"那，你去追天哥怎么样？"

林子不知道是被我的话吓得，还是被脚臭味熏得，猛咳
了两下："你有毛病啊？！你以为谁都跟你似的有个'恋爱
脑'。世界上就剩两个男人了吗？"

"我是'恋爱脑'？我哪儿'恋爱脑'了？我正值大好年
华的大姑娘，思君情切有错吗？"

　　"是谁被甩后半夜给人打电话，哭着喊着'不要分手'？"

　　我深呼吸一下，回想起军训时震惊全寝的午夜名场面，淡淡地说："你说得对，我是'恋爱脑'。如果你不帮我这个忙，我即将踹飞你，致命的那种。"

　　林子挺起腰板来，说："我这人可是吃软不吃硬的。"

　　我利落地跨到她的床上，床板"吱嘎"一响。我环抱住她的腰，头埋进她怀里，用自己都感到生理不适的声音说："林宝宝，臣妾的终身幸福就靠你了！"

　　林子一把推开我，用那"经历太多"的手抬起我的下巴，轻佻一笑："爱妃且将方案说与朕听听？"

　　"这可是您的长项啊……"

　　"重新组织语言。"

　　"接下来的事情对您有些许挑战。天哥明天下午有场篮球赛，您去现场拉好条幅为他加油。比赛结束后，您把我斥巨资买的功能饮料送给他，顺便要下他的微信号，接着没事就约他出来吃饭、逛街、上自习，让他教您打篮球……总之，就是减少他和程若吉见面的机会，制造矛盾，让我的程学长看清男人没一个好东西！接下来的事，我们再从长计议。"

第二天篮球赛开始前，我和林子早早地来到篮球场，一眼就看到了坐在正对面观众席第一排的程学长。他果然来了。比赛开始，我看着程学长，程学长看着天哥。天哥每次进球，程若吉都笑得很甜，还用手机拍照，横着拍、竖着拍、双指放大拍，还时不时地盯着对面观众席上天哥的女啦啦队看。遥遥一看，他眉眼间的表情太过得意，我仿佛看到了比赛后他跑去拥抱天哥，然后向全场女生宣示主权的娇俏样子。比赛再不结束，我就要在脑内攻略自己了：什么女友粉？做个CP粉不香吗？ CP名就叫"程天腻歪"好了。我推了推昏昏欲睡的林子，暗示她该按计划行事了。林子不耐烦地站起来走向篮球场，用力把缩进臀间的裤子抠出来。

观众席上的女生欢呼起来，试图用高分贝压制别人，赢得天哥的注意。然而，天哥对这一切熟视无睹。程若吉走到天哥面前，拿出自己的手机翻给天哥看，一脸"求表扬"地看着天哥。天哥回以宠溺一笑。他们对视的眼神我看懂了，啦啦队友们也看懂了。

她们开始有鼻子有眼地分享我从未听过的关于"程天腻

歪"的各种传闻，仿佛在为共同喜欢的男孩谱上一曲青春悲歌。

我这绚烂又轰轰烈烈的爱情烟花此刻被炸成了闷声雷。

林子此刻已按计划到达现场。三个人不知道在说什么，说了好半天。然后林子转身指向我，程、天两人也转过头看向我。说罢，林子脱离剧本提前离开现场，只留程、天面面相觑。两人嘀咕了几句后，程学长向我走了过来。

林子这个叛徒，竟然就这么出卖了我？！恍然间，我仿佛能看到程若吉过来后给我发的好人卡有多么的高级，可能还是中英双语的。我不敢想下去，赶紧像没看见他一样转身跑掉。我已经没有心情去质问林子跟他们说了什么，只是胡乱地想着程若吉会怎么想我，最差会觉得我有心机。他走过来想跟我说什么？想得到我的祝福？向我坦白他们的关系？警告我不要再玩花样？无论如何我都接受不了。

反正现在我也不想见到林子，就去图书馆坐坐吧。读书使人心静，"Reading makes one's mind bright and clear"。对，这是程若吉主持时说过的一句话。

我随手翻开一本书，程朱理学、儒家神权和王权的合法性依据……我在草纸上写下程朱理学四个字，程、程、程……轻轻在程字上画了几圈。不行不行，换一本书。

我来到外文区，外文是他的专业。这里的书会有他看过的吗？或许也轻抚过。《英文俚语》？我把这本书拿回座位。之前林子帮我打听到他的外号是"hot chick"，这是什么意思？我快速翻着，竟然找到了，只是注释不是很让我满意——或许他身边的同学比我更了解他，这不算什么好词，虽然他的中文名谐音也没好到哪儿去。

回寝室的路上，我脑海中一直重播着天哥打篮球时程若吉一脸骄傲的表情，越想越恼火——在追男生这条路上，我竟然输给了一个男生。

我不能就此认输，失去林子这个战友的我更得振作起来。我转身走向理发店："Tony老师，帮我剪个男生版的寸头。"

理发师错愕地看着我和我的马尾，半晌说了句："我叫David。"

"老板，我要办健身卡，什么课程能长个儿？顺便推荐给我。"

"老板，这条牛仔裤给我试下，还有这件上衣。男款的？我要的就是男款。"

"老师，有没有女子篮球课？只有男生的啊……？少儿班？没事，我零基础。"

天已经黑透，我拎着一堆纸袋回宿舍，纸袋里装着我走入理发店之前穿的七分裤和白衬衫。那是我从高中就开始穿的衣服。别的女生褪去旧衣后纷纷蜕变成精致 style 的女生，我直接蜕变成了男生。打不过就加入，这就是我全新的作战策略。

其实，我以前根本不知道学校周围有这么多可逛的地方，看来我作为女生真挺失败的。不过从这一秒开始，我完全不同了，回头率翻倍。要不是室友们的失声尖叫，我差点以为是因为自己气场起范儿了。

"我的天哪！楠楠，你这是怎么了？头发咋这德行了？真成'男男'了。"

"男生的头发都比这长吧？这属于毛寸了吧？你要投笔从戎啊？"

"肯定是失恋了，受刺激了⋯⋯"

室友你一言我一语，只有躺在床上的林子看了我一眼便一声不吭。

谅她也没脸跟我说话。

就这样半个学期过去了，除了刚开始收到过一些女生送来的巧克力，和每次看到"程"字都会条件反射般猛地心跳一下，日子倒也没什么不同。偶尔也会遇到程若吉，我再没有多看他一眼。假以时日，我要让他对我刮目相看。

时机终于来了。又是一场篮球赛，不同的是，这次是我上场。观众席的议论声发酵成了欢呼声。我站在赛场中央，坚定地看着对面的对手："天哥，多多指教。"

他讶异地看着我，表情跟体委听到我说要参加今年的篮球比赛时的一样。"楠楠，你别闹，哪有女生上的啊？！实在不行，我再求求啦啦队队长，给你塞个位置。"

"女生为什么不行？学校举办的是大学生篮球赛，有说是男子篮球赛吗？有规则说禁止女生参赛吗？"

"那⋯⋯那倒没有，不过⋯⋯"

"别不过了。既然没这规则，那就是你们刻板的潜规则，我要用这半年来的特训打破这个规则。"

比赛的哨声响起，观众席爆发出热烈的呼喊声。天哥的啦啦队依旧不计前嫌地"热情营业"。

林子把上次给天哥做的条幅举得高高的，上面的"天哥"被一个巨丑的补丁盖上，重新写了"楠楠"二字。能感受到，对手们都在我面前保持了绅士风度，不敢近身接触。但我依然用实际表现向大家证明了——要学篮球还是得上成人班。

比赛结束！虽然我们队输了，观众却全体起立鼓掌。教练带着跟我一起训练的孩子们走过来，他拍拍我的肩膀，鼓励地说："挺好，挺好。"周围人还在不停地看着我，我摆出冷漠的酷脸，低声问道："教练，我们队输了，不……不完全是因为我吧？"他又拍了下我的肩膀，停顿了几秒，大概是在想措辞："其实你来参加比赛，结果不重要，这种打破常规的意义更重要。"听得出，他已经很努力了。在他的眼神示意下，少年班的小队员们一窝蜂地围过来："姐姐，你太帅啦！"

人们渐渐散去，喧嚣的球场安静下来，我坐在球场中央，回想起刚刚程学长就站在孩子们后面看着我，后来不知道去了哪儿。如果他有话对我说，肯定还在附近。

"楠楠。"

我听到了那个富有磁性又性感的声音。多少个夜晚，我幻想过他的声音叫我的名字会是什么感觉，只是此刻来不及感受，我赶紧站了起来。

"学……学长。"

"你今天表现得真棒……其实，上一次看到你还是上学期呢，本来想跟你打招呼，结果你先走了。"

那段黑历史顺着他撕开的回忆口子涌现，我没底气地低下头，避开他的目光："是吗？我……我没注意。"

"只是半年时间，你这style转变得够快呀……"他笑着说，似乎也想消除此刻的尴尬。是啊，半年了，我不想再兜圈子了。人真的说不好什么时候会突然来了未知的勇气。

"那学长，我现在的style，你喜欢吗？"我觉得自己的转型挺失败的，说这话时我依然不敢抬头看他的眼睛，怕他流露出哪怕一丝的拒绝和厌恶。等待的时间很短，又很漫长，如同等待宣判。

"我其实……"其实还是喜欢男生，对吗？我不敢再往下听。我心疼他，或许他正在纠结该如何礼貌地拒绝我，我的喜欢或许就是别人的负担。

"我其实……还是喜欢你原本的style！"

这个意料之外的回答终于给了我跟他对视的勇气，我难以置信地回问他："原本的style？你……"

"林子都跟我说了，半年前就跟我说了。她说：'不喜欢拖拖拉拉的，我朋友喜欢你，但看你跟哥们儿那么亲密，不知道有没有机会。'今天的比赛我原本有事不想来，是林子找到我，说你会上场，让我务必来看。她还说：'上次不知道你跟楠楠说了什么，她一直郁郁寡欢，完全变了个人。'她还求我一定要来解开你的心结。"

这一瞬间信息过载，我一时处理不过来。原来林子不是叛徒，原来她还在关心我的状态，原来程学长上次走来不是要跟我兴师问罪的。"那……你上次过来想……想跟我说什么？"

他的T恤微湿，只是不同于上次跑1000米，现在我能这么近地看到他汗水流下来的走向。

"我想说，我也喜欢你。你对我的每一次关注，我都能感受到。那样炽热的目光，即便在人群中也无法隐藏。我想用每次刻意的偶遇回应你，只是后来再也找不到你了。"

这种对话我倒也不是没想过，只是没想过是真的。人在极度幸福和极度悲伤时都只有一种感觉，就是发蒙。我如大脑堵塞一般脱口而出："那……天哥怎么办？"

"天哥？他怎么了？"他狐疑地看着我，"我上次在球场上拍了你的照片，还给他看了。他说：'看着不错一姑娘，一看就是你的style……'"

上次，他拍的是我？我是他的style？我不禁笑出声来，不单单因为我所迎来的欢欣时刻，更因为我荒唐的自我改变。

"我以为，天哥才是你的style……"

他愣住了，又似突然想明白什么一样哈哈大笑起来，眼角不知是笑出的泪花还是紧张的汗水，在阳光下泛着光。"怪不得啊！所以你参加篮球比赛，还剪了头发，都是因为我啊？你知道为什么上次之后我没再找过你吗？因为我逐渐发现你跟温馨关系不太一般……"

"谁让你叫'hot chick'的啊？我能不多想吗？"

"因为我叫若吉啊！'若吉、若吉'叫多了，大家就开玩笑说是'热鸡'，然后就叫我'hot chick'了。"

"亏你们还是英语系的……"我真是哭笑不得，现在的每一秒都不是按我苦苦设计的剧本演的。

球场上只剩下我们的笑声，路过的每个人都不可能比此刻的我更幸福。因为放肆地笑完，他又恢复认真，跟我说："我喜欢你原本的style，因为那才是最真实的你。现在也好，未来也罢，我都不希望你为了我，或是为了任何人改变自己。爱不是迎合到忘记自己是谁，扮演对方喜欢的样子。"

我真的很幸运，恰好喜欢上他，恰好他值得。从这一秒开始，我不再觉得卑微，也没有硬撑的高傲，刚刚好！

"头发得多久能留出来？你还是绑马尾的样子最好看。"

◆ 一面情深

"都到这个时候了，你还觍着脸胡咧咧呢？有你哭的时候！"这是老妈摔门前留下的最后一句话。

我对着空无一人的房间摊摊手。我又没说错什么？不过是在他们对我进行每半年一次的"就你这成绩以后能干啥"的盘问时，第一次给出答案："开家饭店呗。"

这听起来草率的答案其实我已经酝酿了很久。每次逃课去网吧，我都会路过学校旁边的一排饭店。老板们大都坐在门口晒太阳，稍微勤快点的则伴着收音机里的评书声择着菜。还有比这更惬意的工作吗？有烧菜的技能傍身，我也算反驳了从小到大教过我的所有老师对我的评价：你就是个废物。

在这个问题上，我爸妈跟老师达成了一致意见。每次他们被老师叫去学校，总是骂我骂得比老师还激动，骂着骂着还嫌不够热闹，当场表演互骂助兴："这就是你教出来的好儿子！""还好意思说我，你管过他一天吗？"其实我小时候他们也发生过类似的争吵，只不过议题是："儿子这么好看肯定随我！""你平时都不照镜子吗？"

老师没见过这场面，只得劝他们消消气，久而久之，也就没老师再找他们了，我也就没再见过爸妈同时出现。

宥龙说我是彻底自由了，以后在学校更得"横行霸道"了。只有我意识到，比所有人都骂你更伤人的是，所有人都放弃了你。

我去山西了，除了宥龙，没告诉任何人——别人大概也不关心。

"去山西干什么？"

"要开饭店，不得做做市场调查啊？"

"你就说去玩不就得了。"

"咋的？你们这些准大学生能来场毕业旅行，我这没考上大学的就不能？"

"别急啊，等我们这些大学生毕业了，还不是去给你们这些土老板打工。"

他好奇我为什么选了山西。我说我平时最喜欢山西老陈醋，那儿的东西肯定好吃。他只淡淡地说，这个理由跟我的人一样浅薄。

那些跟团走的只是在组队打卡，我这种下了火车就随便找辆公交车坐的人才是真正的神游，目光所及皆是风景。可惜宥龙这样的文科生都不懂。

公交车上的人陆陆续续下光后，司机透过后视镜不断观察我这个钉子户，猜想我究竟什么时候下车。成全他，就这站了。

下车的地方看起来没什么趣味，除了我这个东张西望的外地人，路上的人都行色匆匆，无暇顾及四周本不存在的美景。刚刚在火车上我没舍得吃30块一份的盒饭，现下肚子里叫声已从小鼓独奏演变成架子鼓合奏。抬头一看，又是一排老板"放风"中的小饭店，还是熟悉的学校周边画风。盖浇饭、鱼锅饭、寿司、一面情深……用这个"一面情深"的名字做网名我都嫌丢人，不过想到越是这种土气的名字，越可能是地道老字号的本地美食，不妨一试。

"老板，你家有什么特色菜？"

"一面情深，这是我家的主打菜。"

"一面情深……是菜名？"

"对呀，你第一次来吧，孩子？这是一道拌面菜，是山西的特色美食，试一试？"

"整！"

老板走进后厨，其实就在不大的餐厅里面，在收银台后面。现在不是饭点，屋里一个人都没有，我直接走到老板面前。

"这菜怎么做的啊？"

"不难。你要好奇，就站这儿看着。"

"你不怕我学会了开一家一样的餐厅啊？"

老板憨憨地笑着说："小伙子，看你的样子，不是理工大学的学生吗？"

"理工大学？我哪能考上那么好的学校啊。我想开家饭店，就开在学校旁边。学生们因考试急得抓头发时，我就在那儿晒太阳，多爽。"

"那你是不知道学生们还没醒时我在做什么，学生们睡午觉时我在做什么，学生们周末悠闲地逛街时我在干什么。"老板不厚道地笑了，怎么听都像是嘲笑。

　　"有的孩子在我这儿吃完饭，不管过去多少天后闹肚子，都有家长来说是我做的菜有问题；也有无业游民随手扔菜里只苍蝇，就逼我免单；还有那吃了一口就当我面吐回碗里的……什么人都有。"

　　"这么奇葩？算了算了，我这心脏可受不了，我还是再想想别的出路吧。"

　　我们嘿嘿地笑着。好久没跟人这么轻松地聊天了，我甚至不介意告诉他我的心脏问题，多亏他没看过我的成绩单。

　　"老板，你们的招牌菜是什么？"

　　在这样轻松的气氛中，她的出现一点也不突兀，即便我刚刚失掉了酝酿很久的职业规划。回头看她时，不知道是不是逆光的原因，她的一袭白裙自带"仙气"滤镜。她的头发随便扎着，两边两条细辫干练地滑过细长的脖颈，不自然的假睫毛忽闪忽闪的，涂得不够均匀的蜜柚色唇膏让人不敢用"性感"来亵渎，下巴也在柔光下显得无比光洁、晶莹。

　　"一面情深，这家的特色菜是一面情深。"这句话浮现在我的脑海里，我却怎么也说不出口。

"姑娘，正好我在给这个小伙子做呢。你也来一份？"

"好，加一份吧。"

她的声音软软的，站在她旁边的时候，我听得更清楚。她用右手扯掉头绳，微微晃了下头，头发散落下来。我闻到了她头发的味道，心跳变得不太规律。

"好香啊……"我下意识地从嗓子眼儿挤出这几个字，然后自觉失礼，赶紧看向老板。老板立马应承下来："香吧！其实很好做，你看着啊，把油倒进胡萝卜丝中，加入面粉，搅拌至每根萝卜丝都包裹着面粉，上锅蒸十分钟……再把炒香的配菜放进去，完成！"

老板端上两盘"一面情深"放在最近的桌上。我心虚地看了她一眼。她躲开了我的眼神，只低声问："一个人吗？那就……一起吃啊。"

"好啊！"脱口而出之后，我便有点后悔，刚刚好像应得太大声了。

她轻轻撩起裙摆坐下，我坐在她对面。为了让心跳回归正常跳速，我夹了一筷子菜放进嘴里，抬起头对老板说：

"看你做得好容易啊，不过要想做出这个味道可不容易。"

老板擦了擦手，哈腰戳在收银台前，说："我做了几十年了，熟练工，就是这么简单的一道菜。像我这样不爱动脑子的人，就适合干这样的活儿。"

"谁爱动脑子啊？我还不想动呢！"

老板摇摇头："这爱不爱动脑子可不是你说了算的。有些人天生就爱想很多：做什么？为什么做？做多久？做了能挣多少钱？做的是不是自己热爱的？尤其是你们这些年轻人，几乎每天都在焦虑。我这样的人反而不会，当初做这个是因为我只会做这个，数十年如一日，现在我闭着眼睛都能做。不是我说，小伙子，你就算真能开家饭店也干不长。你会不甘心，你会嫌麻烦，到时候每一个小困难都会是你放弃的理由。"

"老板，你是怎么判断的？咱俩可是第一次见面。"

"感觉！上了岁数就是这一点好，看人就是准。"他用手指了指我，笑着走出去继续晒太阳。

"这大爷……"我看向她，想借机搭起跟她的话题。她礼貌地一笑，左手大拇指和食指将过头发别到耳后："所以他说对了吗？"

"或许吧。"

"怎么还或许，确认自己喜欢什么有那么难吗？"

今天之前，我会回答："是的，很难。"但她的语气让我觉得，好像也没那么难。

"我也挺想学建筑学的，知道为什么吗？"

不知道为什么，我突然卸下戒备，跟宥龙都没讲过的话，此刻我就这么轻松地讲了出来。她让我觉得无论说什么都不会被嘲笑，即便那是种幼稚的想法。

"我小时候特别喜欢玩积木，还得过积木大赛一等奖呢！我就觉得，我特别有做建筑师的天赋，以后肯定能建很多漂亮的房子。"

"积木还有比赛啊？"

"那可不！那就是启蒙吧。"

她放下筷子，掏出手机翻了一会儿，递给了我："那你这专业人士看看，我的学校漂不漂亮？"她的笑容总是那么干净，看不到一丝攻击性，虽然"专业人士"这称呼怪挖苦人的。

"嗯……设计得很有巧思，步移景异。"我拿起腔调，"这图书馆作为地标建筑，背靠青山，前庭设喷泉，风水极佳。风格看起来也有近百年历史了，跟旁边的现代风教学楼遥相呼应，寓意贵校承古延新、薪火相传。横、纵两条主干道将学校整体分为四个功能区，规整又多元，寓意贵校学子百花齐放。"

我用表情问她怎么样，是不是有两把刷子。

"可以可以，专业不专业的我倒听不出来，但你肯定很有潜力。"幸亏有她略显俏皮的神情，不然一本正经的我就真的太可笑了。

"你从哪儿看出我有潜力了？"

"感觉！女生就是这一点好，第六感很准。"

我相信她的感觉，因为即使在"感觉"里，也从来没人觉得我在哪方面有潜力。积木比赛后没多久，我的记忆里就没了积木，依稀记得是因为"过了玩的年纪，好好读书"。结果，我读的书也被爸妈撕掉了。那些带图的各国建筑美学书，用他们的话说就是，带图的没有正经书，正经书只有文字和公式。

　　她指了我一下："想啥呢？我们学校的建筑系很有名的，加油，当我学弟吧！等明年你高考完，我就大二了。"

　　"谁跟你说我明年高考的？"

　　"这大暑假的，还在大学周围晃悠的，不是像我这种来验收寒窗苦读成果的新生，就是你这种来这儿发誓要考上它的高二学生。"

　　我无奈地笑了笑。她的自信语气打动了我，我不忍心让她失望，不愿说我不过是个刚刚落榜的人罢了。

　　"放心吧，明年等你迎新生的时候，一定会迎到我，不过要记得来建筑系找我啊！"

　　回家的路上，我一直在回味那一餐"一面情深"，不断地想起自己小时候站在积木大赛领奖台上的样子……以及如何一步步走到现在，努力与所有人为敌，包括曾经的自己。

　　但现在，有个人站在我这边了，让我不再害怕即将到来的未来。我们只有一面之缘，一同吃了"一面情深"，她在理工大学等我，她相信我有这样的潜力，未来会设计出跟她的学校一样漂亮的建筑。

　　不对，是我们的学校。

我推开家门时，爸妈都坐在客厅。再次看到他们两个人在一起，我决定是时候跟幼稚的自己告别了。

"爸，妈，这下我可要'上天'了，我决定复读一年！"

老爸用力掐灭手中的烟头，丢到我身上，气冲冲地走过来："复读？我看你还不如服毒，上天上得更快。这几天跑哪儿去了？"

"山……山西。"

他瞪大双眼，怒不可遏地看着我，眼中的每一根血丝都那么清晰。

"你跟谁说了？"

"我跟宥龙说了啊。"我不该这个时候还试图扭转气氛，下一秒我爸的巴掌就重重地打在我的脸上。

"那你明年复读的学费找他要吧……"这样的巴掌和呵斥我并不陌生，只是在我重怀欣喜的时候，它显得不合时宜，当头泼来的不是冷水，是助燃怒火的汽油。

后面他们在说什么，我听得不是很清，耳朵里开始传来阵阵嗡鸣声。我后悔了，我不该动怒的。虽然我刚刚燃起的斗志被他再一次击碎，但这又不是第一次，习惯便好。我也不该想那么多，搞得心脏疼到喘不过气。他们肯定后悔了，我记得的最后一点声音就是他们在喊我的名字。

意识模糊前，我眼前又出现了那束光，逆光。我被身穿一袭白裙的女孩带进一个梦境——

我拿着录取通知书，眼前是那座古香古色的图书馆。

"同学，你哪个专业的？"

"建筑系。你去年不就知道了吗？！"照在我们脸上的阳光格外的暖。

"来，学姐帮你搬行李，等你收拾完宿舍，学姐请你吃'一面情深'。"

那不是梦，我确定。

这一刻的画面在我的人生中从来没有这么真实过。

˙ 忘记要记得

明天就要搬去新家了。我收拾了一天物品，结果越收拾越乱。

其实我的东西并不多，上学时的物品就更少了，只有几本同学录，上面已经落满灰尘。要不是这次要彻底地清理，我几乎忘了还有这些东西。

我用手拍了拍它们，翻开来看。其实我一直不太敢看同学录，它们总是让我想起那些不好的回忆。里面夹着几张被剪过的合影，没有一张是完整的。照片里的我看着是那么稚嫩，笑得没心没肺的，让我对上学时的那些记忆产生怀疑：它们都是真实发生过的吗？

小学时我得了种怪病，大夫说这种病的患病概率为十万分之一，这是我人生中体验过的最小概率的事件。同学们的假期都是走遍全国各地游山玩水，只有我是走遍全国各地寻医问药。每次的收获都是一张长长的药单，中药、西药、口服的、外敷的，一直吃到初中。同龄的女生开始发育时，我也发育了，只不过是全身一起发育的，因为药物激素的作用，我在持续变胖。

逢年过节，我妈总是在亲戚面前用"像气吹得一样"来形容我的增重速度，我总是气鼓鼓地离席。

我实在不明白我做错了什么，在这个爱美的年纪，谁愿意变胖？

比我妈的话更难听的话，我也听过。初中的某次课间，我站在走廊听歌发呆，突然被卫健撞了一下。我下意识地摘下耳机。几个男生正吵吵闹闹地在走廊上乱窜，见到撞在一起的我们，哈哈大笑到整个走廊都荡着回音。"我去，你这是'以卵击石'啊！"其中一个男生对卫健说。卫健斜眼看了我一眼，扭过头去，手舞足蹈地回到那群人中："我这是撞'猪'身上了，追尾了，是不是？哈哈哈哈……"

我的脸腾的一下烧起来，完全分辨不出是因为愤怒还是因为走廊里其他同学的偷笑声。他撞到"猪"了，我撞到"邪"了。那之后我的生活糟透了。

　　某次生物课上，大家都以小科[1]课堂上特有的散漫状态各干各的。

　　"老师，野猪是保护动物吗？"卫健这一嗓子突然从最后一排传来。没等我缓过神来，全班同学哄堂大笑。我抬头环顾一圈，又赶紧低下头，不想接收那么多人的目光。

　　自此，只要是跟猪、胖有关的话题，无论课上还是课下，我都会听到或大或小的笑声，以及同学小声地跟别人解释笑点的嘀咕声。每当大家觉得无趣时，卫健总能"推陈出新"，延续这个笑点。

　　我本以为瞎起哄的只有男生，直到这样的事发生了太多次，我才发现女生们的偷笑，包括那些跟我一样胖的。我实在搞不清楚这一切是怎么发生的。同班这么长时间，我跟卫健几乎没讲过话，他为什么要这样？作为班上的一个"透明人"，我终于有了存在感，却是以这种不体面的方式。

　　我害怕上学，害怕听到笑声，害怕人群中的窃窃私语。这群人在意的并不是事实，而是人云亦云的乐趣，还要让我

1　指初中时与主科（语、数、英、物、化）相对应的副科（政、史、地、生）。

也觉得这一切都是合理的。在学校的每一秒钟都是煎熬，只有独自听歌时，我才可以暂时忘记周围的一切。那些在舞台上熠熠发光的歌手，总是那么自信。如果有一天我也能站在那个舞台上……这简直是一种痴心妄想，如同每次被欺负我都幻想自己会反抗，把他们打哭一样。然而，体育活动课躲在教室偷偷哭的人是我。班主任看到之后，只冷冷地说了句："大家为什么这么对你？一个人、两个人这样是别人的问题，大家都这样，不该好好想想自己有什么问题吗？你要主动融入集体，不要总是那么封闭。"老师的话发人深省，我的确仔仔细细地回忆了一下，他们为什么只对我这样，我也很想知道。究竟是我自我封闭，还是我被集体孤立了？

我应该一个人孤立他们所有人。谁说过我、笑过我，我就把他从合影里面剪掉。这样窝囊的报复方式，成为听歌之外我的唯一乐趣。

这段人生的至暗时刻竟然持续了三年。毕业那天，同桌跟我说："告诉你个秘密，我跟卫健是一个小学的。他在小学被欺负得可惨了，几乎每天放学都被高年级男生堵在校门口打。我告诉你这些，是想让你心里平衡一点，不必记恨他。都已经毕业了，忘记他，以后只记住好的回忆就行。"

卫健或许抱着这样幼稚的心态：换个环境，换个身份，他不堪的人生就会焕发新的光彩，再让我复制他曾经的人生。至于我曾经的同桌所说的好的回忆，是什么呢？是指做课间操时没人愿意跟我站一排吗？还是指同学脸上只有见到我才会露出的那种笑容？不然就是无数青春赞歌、无数校园电影里歌颂的那些与我无关的豆蔻年华？我不知道被人喜欢是什么感觉，被人无视就是大家对我最大的恩赐。

同桌的这份好意太沉重了，我受不起。他曾是我在这个班上关系最好的人，但我也不想跟他多说什么，更不想在他近乎炫耀地告诉我三年来他从没随大流欺负过我时做出任何回应。在我看来，他的沉默就是最大的背叛。

我总是希望有人能拯救我，却忘了免疫系统才是最好的良药。

高中生活很快开启，没有什么比重新开始对我更重要了。我就像刑满释放的囚徒。我要改变，永远不再给那些伤害过我的人任何重逢的机会。

一天，文艺委员宥龙说学校要组织合唱比赛，要求全体参加。

那是我第一次借着合唱的机会在别人面前大声地唱歌。

只是学校领导来检查那天，我又出洋相了。我的声音不和谐地出现在和声里，不是快别人半拍，就是高别人一调，全班的沉默让我找到了那种久违的感觉。

那天放学时，宥龙来找我："你是不是很喜欢唱歌？下个月学校要举办艺术节，你要不要去试试？"

他朝我淡淡一笑。那或许只是礼貌性的微笑，却是我三年来未曾接收过的善意。他的话也让我受宠若惊，他怎么会注意到我？

"我？你怎么知道我喜欢唱歌？"

"我看你桌上经常放着CD机，下课你也总戴着耳机。而且，今天合唱班歌的时候，全班只有你唱对了。这么多人一起唱，特别容易拖拍，也容易找不着调。我想拉都拉不回来，难得大家错都错得如此统一。没想到你唱对了，而且一直在坚持。"

"虽然我没唱错，不也被唱错的人鄙视了吗？"

他没有恶意的调侃让我放下警惕，随口吐槽道。

"谁鄙视你啦？！"他笑着说，"他们是唱错了羞愧难当，哈哈。主要是你平时很少跟别人交流，大家想找你帮忙都不好意思开口。你看，我这不是厚着脸皮来求你帮忙了吗？！一年就一次的艺术节，还得你这种'人狠话不多'的人参加。"

我不知道宥龙说的"求你帮忙"是不是真的，但他这句话仿佛带着光，照亮了我许久没人探访过的内心。

我想起了初中时的痴心妄想，却不敢承认："我从来没想过在台上唱歌。"

"那现在开始想想吧。不要因为不自信错失一次可以自信的机会。"

如果我是个自信的人，会是什么样的？宥龙告诉我了。他让我意识到，我封闭的世界是多么狭小，连呼吸都困难。他听到了我的歌声，他感受到了我的心结。最重要的是，他看到了我。

我可以轻视自己，但不能让唯一看到我的他轻视我。既然我敢唱出不同于别人的音调，就敢坚持自己的音调。

我登上舞台的那天，台下一片安静。他们都在诧异，平时默默无闻的一个人，为什么会突然发疯跑到台上？想到那些歌手在台上自信的样子，我想我也可以成为和他们一样的人，借用大家四分钟时间，让自己的人生换个轨道。我心里正这样想着，灯光照向了我。我什么都看不见，但我知道他应该在我的正前方。只要对着他唱就好了，就像只有他能听懂我的歌声一样……

You make me want to fall in love[1]
就在这一刻
也不管明天会如何
只要今生有你左右
陪着我不再寂寞……

音乐的最后一段旋律淡出，一阵响亮的掌声响起，随即是一片掌声。我依然看不清台下的观众，也看不清他们的表情。我愿意相信，宥龙就像当初的卫健一样，是那个最先发

1　大意为"因为你，我想陷入爱河"。

声的人，其他人不过是附和。

从台上走下来，走向后台，这一路我第一次感受到抬起头走路是什么感觉。还好我有抬起头，才能第一时间看到在后台笑着等待的宥龙。他朝我走来，借着漏到后台的光，我没有错过他的拥抱。第一次被人拥抱，如此温暖。

现在想来，当时所有的感受都是靠之后每一天的回味补上的，拥抱的瞬间我已被冲昏头脑，缺氧，呼吸错乱。

我不再害怕别人的笑，因为我察觉这世界上也有宥龙这样透着阳光味道的微笑。只是这笑里的拘礼也会让我在做白日梦的时候偶尔清醒：这份小心思也该礼貌地藏起来，不给他平添烦恼。

"老婆，你还没收拾完啊？"

老公接过我手里的照片："这是什么？欸，我怎么从来没看过啊？！"

"啊，都是我中学的照片。"

"你看你这时候，脸胖嘟嘟的，多可爱。"

"可爱？那时候可真是'可怜没人爱'。"

"你这照片是把谁剪掉了？"

他把我和宥龙的合照递给我，确切地说，是有我和宥龙的合照。那天在后台，宥龙即将离开的瞬间，我鼓足勇气说了声："要不，咱们一起合个影吧？！"我挥手招呼周围的同学，包括他。拿到照片后，我剪掉了我和他之外的所有人。这一次，我终于不是因为讨厌一个人而剪照片了。

"啊，没谁，就是关系不好的同学被我剪了。"

"幼稚鬼。不过我更好奇的是，这个唯一被你留下的男生是谁？"

我收起照片，转移话题："快点收拾啦，今晚早点睡，明天就得搬去婚房了。"

"好吧。"老公不再追问。

我把照片放回同学录里，放回属于他的那一页。他给我的留言是：希望你风雨里能单手打方向盘，晴天里能坐在副驾驶吃零食。有能力生活，也有自信被爱。

我合上同学录，也合上这段漫长的回忆。我已经忘记他笑起来的迷人样子，忘记得知他恋爱时没资格吃的醋有多酸，也忘记了这场盛大的暗恋为什么让我久久不能释怀。

我只记得艺术节后跟他聊起那些被欺负的日子时他跟我说的那句话："等我们毕业后，你回想起我时，如果会想到那段不开心的记忆，就干脆把我也忘了吧。千万记住啊！"

· 分泌多巴胺的方法

"请问，你想加入心理社团的原因是什么？"

眼前的学长一本正经地推了推鼻梁上的眼镜，盯着我的眼神让我觉得多少有点陌生。

昨天社团纳新日，只因为我多看了一眼门可罗雀的心理社团，就被学长殷勤地邀请加入，还说看出我能力超群，要培养我当下一任社长。

这一夜不知道经历了什么，学长忽然换了一副嘴脸。我刚想说是他求着我来当社长的。

一个学姐推门进来，不耐烦地说："你磨叽什么呢？老师要收回活动室，还不去找他？！"学长起身对我说："我破格免试录取你了。现在我们有事，你在这儿值班，如果有同学来咨询，你就招待一下。"

"可是，我啥也不……"

没等我说完话，两个人就消失在摔门声中了。我看出来了，他们俩一个是社长，一个是副社长，而我就是那个唯一的成员。

活动室不大，只有几对桌椅，墙上挂着各种照片，完整地展现出心理社团盛大的兴衰历程。进门正面还挂着条幅，上面写着"倾听你的心事，点亮你的心灵"。怎么看自己都是一失足成千古恨，接下来不知道有多少宝贵的时间要浪费在这么个"凉凉"的社团上了。

正在我面壁放空时，"咚咚"的敲门声传来。好家伙，不会是老师来清点物料、收回场地的吧？如果让我见证社团的解散日，倒也不枉浪费这半天的时间。

"请进。"

"请问，这里是心理社团吗？"一身粉衣的女孩探进头来，小心翼翼地环顾四周。

"是的。"

"我听广播站节目说有这个社团，我想……想咨询点事情，可以吗？"真是怕什么来什么，果然没有不开张的油盐店。只是我没想到自己能赶上晚景凄凉的社团"营业"。

"呃……可以的，只是我是新来的，你要是想听点专业意见，可以等我们社长回来。"

她的眼珠转了一圈，浅笑着说道："没事的。也不是什么严重的事儿，我看你挺面善的，你就随便听听吧。"

看来我还真有做咨询师的亲和力，不愧是社长，一眼就看出我有潜力。

"那好吧，如果你信任我，我愿意听你说说。"这个时候，比起被迫上岗的我，我更佩服她的勇气，敢于在一个完全陌生的人面前吐露心声。不过，看样子她八成是受了情伤来跟我骂渣男前任之类的。

"怎么说呢，我总是没办法维持长久的恋爱关系。"

猜中了！

"详细说说呢……"

"我的每段感情都不超过半年，不知道哪里出了问题。有时是对方先受不了我，有时是我受不了对方。在别人看来，我这个人对待感情很轻浮。其实不是的，每一次我都是认认真真投入其中的，并不想换男友，可……就是没办法。"

我松了口气，听起来不是太难的问题。网上看过的恋爱心理"鸡汤",随便套几句应该就能解决。

"你的前男友们受不了你哪些地方？你受不了他们的地方又是哪些方面？"

她似乎没有流露出被冒犯的表情，倒是认真地回忆了下，可能在归纳总结。

"他们受不了我，大多是因为觉得我很'作'，经常因为一点小事吵架。我受不了的，大多是……腻烦吧。刚刚在一起时，两个人总是充满热情，不用做什么就很开心。可过一段时间，就没感觉了。"她自嘲地笑了一下，"这么说好像我这人也挺渣的，但我真不是。没感觉就是没感觉了，我没办法骗自己，我也很气自己。"

"先不用气，不管你有什么心理都是有原因的，如果太过谴责自己，反而会增加自己的负担。扪心自问，你觉得自己'作'吗？"

"还好吧，女孩谈恋爱不都那样吗？希望对方收到消息很快就回，不希望对方身边有太亲密的女性朋友，珍惜两人之间的回忆。我其实一直特别想和一个人隆重地庆祝在一起的周年纪念日，只可惜都熬不到一整年。后来我就要求男朋友一定要庆祝100天纪念日，有时对方就会觉得这样蛮无聊的。"

"如果他没有按照你的要求做，你们就会争吵吗？像是没有很快回消息，没有重视你们的纪念日，没有肃清身边的异性朋友？"

"是，有时也知道是很小的事，可根本没法儿控制情绪。"

"我可不可以理解为你对亲密关系总是缺乏安全感，需要对方时刻反馈，而从你的恋爱次数来看，你的生活又非常需要爱情？"

"没错，全对。但很多时候我的多疑是对的，最后真的被劈腿了好几次。身边朋友都说我'慧眼识珠'，每次都能从众多男生当中挑到最渣的那个。这大概就是传说中的'吸渣体质'吧。"

"你跟对方在一起之前，意识到对方可能是很渣的人了吗？"

她停下想了很久，这个问题或许对每个人都是个难题。承认自己有飞蛾扑火的蠢劲和承认自己眼光有问题一样难。几次欲言又止后，她还是鼓起勇气说："可能有察觉，只是当我喜欢一个人的时候，会回避他是渣男的可能。"

"我认识的女孩里也有专门喜欢渣男的，这其实挺正常。越是这样的男生，越懂得女孩的需求，越有速成一段感情的能力。不得不承认，跟这样的人谈恋爱，初期还是很开心的，至少他们比不解风情、体贴温柔的'直男'会来事。"我认真地分析。

她听得比我说得还认真，时间就这么溜走了。我从来没有听一个女生倾吐心事这么久过，莫名有种成就感，这可能就是被信任、被需要的感觉。她细数了自己的几段感情经历，如今说来都显得云淡风轻。如果不是最后滑过她脸颊的眼泪，我差点以为所有的一切都没有真正走入过她的内心。

我有点手足无措，不知道如何安慰一个第一次见面就在你面前流泪的女孩子。她没让我这种尴尬延续多久，抢在我前面打破了沉默："还好没有其他人在，要不然还真是丢脸。"

"不丢脸，其实情绪发泄出来就解决一半问题了。我心情不好的时候就专门找人多的地方哭，他们越劝我，我哭得越厉害，排毒也更彻底。有时在寝室想哭，我就吃泡面，因为吃面的声音跟哭声最像，可以很好地打掩护。"不知道这时候的玩笑合不合时宜，只是她好不容易破涕为笑，转眼又哭得梨花带雨，眼线被沾了泪水的手揉得黑乎乎一片。

"连我都知道眼线要用防水的，你怎么回事？"我从裤兜里拿出揉成一团的手纸递给她。她又无奈地笑了出来："你确定这团纸没用过吗？我还是回宿舍补个妆吧。"

她站了起来，恢复进来前的精气神，掏出手机说："我下次再找你需要预约吗？你不是说哭出来就解决一半问题了，改天你帮我把剩下的一半也解决了吧。"

"如果你不介意我这个不专业的人帮你，那就存下我的电话吧。"我伸手接过她的手机，输入号码，保存。

"我可不想换人再说一遍，太累。"她拿回手机，得意地举起来晃了一下。

回宿舍的路上，她哭的样子、讲故事的神情、失落后故作镇定的笑容，反复在我脑海中重播。我想我应该帮她，只有我能帮她，一定是这样的。临走的时候我从活动室的桌上拿走了一本心理学的书，看来接下来的时间我有事干了。

就在我看这本书看到第一章卡住不动的时候，她的电话打了进来。

"Hello，老师，我是雪思，上次咨询过你的那个人。"

"不要叫我老师啊，我跟你一样，都是大一新生。"

"我不管，那你也是我的心理咨询老师啊，今天下午有时间吗？"

"有，我刚好没课。"

"那就在学校二食堂旁边的手工酸奶店见面吧。"

我把书放进包里，以便随时派上用场。

"不好意思啊，这次约你在这儿见面，不知道为什么，在活动室总感觉很拘束。"

"在这儿挺好的，正好不用把我当老师了，就当是普通的朋友好了。"

"我可没跟普通的朋友说过这些话哟！"她端起杯子略带神秘地说。

看来这次会聊到更多内容。

"我回去想了一下，想冒昧地问一下你，你父母的关系怎么样？"

"其实，你不问，我也想告诉你来着。他们在我很小的时候就离婚了，我一直跟着奶奶生活。就算他们不离婚，我也很少能见到他们。奶奶说他们工作太忙了。至于是不是真的很忙，我也不知道。"

"其实我想到问这个是因为在书里看到一个案例，也是一个女孩，父母在她很小的时候离开了家。长大之后，女孩的择偶观念深受影响。虽然她期待真挚的爱情，却仍会下意识地重复童年被抛弃的经历，不断地爱上那些对自己若即若离的人。"

"所以才有人说，不幸的童年要靠一生去治愈。其实，我以为你得出的结论会是'因为缺爱，才更需要恋爱'。"她说这句话时平淡的语气好像在评论一个跟自己无关的人。看来她今天不想像上次一样哭得梨花带雨了，毕竟酸奶店里人还挺多的。

"倒也不至于那么严重，但有时重复伤痛是下意识的反应。你上次说经常遇到渣男，可能你潜意识里总被这类人吸引，也可能你对所谓的渣男有种侥幸的心理，总觉得自己会是能改变对方的一个例外。但这毕竟不是健康的关系。

爱情有时是有疗愈作用的，而不是让人深陷过去的泥沼，踟蹰不前。"

"跟你聊天也有疗愈作用啊，你看我这次是不是状态好多了？"她傻呵呵地笑着，"我从没想过会跟别人说这么多，但你会让人感到莫名地安心。"后来我才知道，她当时想说的是："你会让我安心，没有其他人，没有莫名，只是我。"

"就算我说出内心最真实的想法，也不会被你嘲笑。"

"那是当然咯，我们社长第一次见我，就钦点我为下一任社长了。你可得做好准备，以后再想找我可能要排号了。"

"能给我个VIP待遇吗？"

"那可得花钱了。"

"没问题，这次我请客，怎么样？"

这一杯酸奶换来了我这份现学现卖的服务，对此她比我想象中的还要满意。之后她每次发来消息，我都第一时间回复。

"你怎么回这么快？"

"没什么，我刚好在玩手机罢了。"

我们在酸奶店聊，在鱼锅店聊，在学校的操场上聊，就是再没去过活动室。没多久，心理社团就被老师解散了，我终究没能等到当社长的那天。不过，我还是做了件值得骄傲的事——雪思再没有像那天一样哭过。

"我们社团还是没了，以后我可以对你进行一对一的心理辅导了。"

"那……老师，东门新开了家日料，我是不是得请你做个最终报告？"

"走着，就做个'了断'吧！"

店里的装修味道还没完全散掉，顾客也没几个，只有我们两个说话的声音和轻柔的音乐。见过她最脆弱的一面，听过她最走心的陈情，我现在可以跟她说任何话，也不怕得罪她，我有这个自信。

"老师给你的结论是，你的恋爱质量很低。这可不是量变就能引起质变的事，某种程度上甚至算恶性循环。第一，这源自你固有的看人眼光，找的人都不适合你。第二，你压根儿不会恋爱，因为你只会被爱，不懂得爱人。跟任何人相处你都只在乎自己的感受。那些很快离开你的人，不完全是

'玩咖'。在一起的初期，凭借分泌的多巴胺，你做的所有事都被蒙上了一层滤镜。而当你们一成不变的相处持续下去时，对方迁就你的那份耐心就被磨没了。"

"那……怎么才能分泌更多的多巴胺呢？"

"很多事都可以啊，谈甜甜的恋爱，听好听的音乐，被脱口秀逗笑，洗个热水澡，愉快地聊天……如果你愿意给予对方更多信任，少些索取和猜忌，把更多的精力用在创造更多的美好经历上，不就成为彼此行走的多巴胺了吗？！"

"行走的多巴胺？好性感的称呼。"

"快乐本身就是件很性感的事。索取是透支，付出是投资，你的每份无可取代的付出，都是对方离不开你的理由。所以互相给予对方快乐的两个人才能长久地在一起。"

"我悟了，老师……"她戏谑地笑着，"我来画下重点：爱情有疗愈的作用！创造更多美好的经历有助于分泌使人快乐的多巴胺，比如一起去酸奶店，一起吃鱼锅，一起在操场上聊到天黑，一起吃新开业的日料。之前我遇人不淑，现在我要走出恶性循环，找到那个真正适合我的人，好好地爱他，让他再也离不开我。对吗，老师？"

　　她脸上的笑收敛了很多，在看过她那么多玩味、"鬼马"的表情之后，这一刻的笑显得异常坚定。

　　"你已经痊愈了，是不是以后就不再需要我了？"

　　我用手支着下巴，用微张的手挡住上扬的嘴角，希望她眼中的我和她一样眼神坚定。

　　"理论我都弄明白了，接下来，你帮我实践一下吧……"

四辑

日月光华，唯你一人

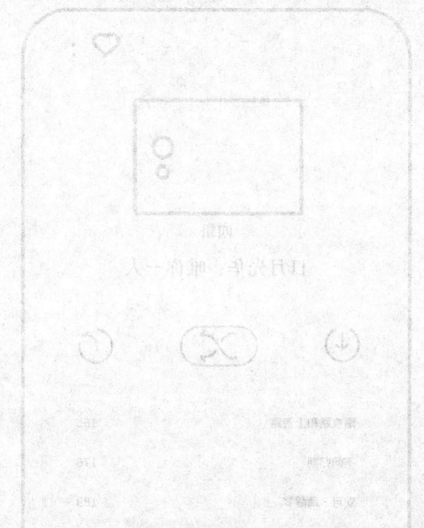

◆ 南京路和上海路

> 如果有一天我们分开了，我不会再去我们一起走过
> 的南京东路。

怀揣着终有一天会失去你的心情，我们走到了第八个
年头。

自从大二修第二学历绘画专业遇到她开始，我已经忘了
没有薇兰的生活是什么样的。那时我们完全不同。看到汉
语言文学系连续数年蝉联就业黑榜，我就开始找各种出路，
考所有能考的证，修所有能修的课。爸妈为我做的最后一
件事就是举全家之力供我读了学费最便宜的学科，之后的
每一步都要靠我自己。不能像别人家的孩子，毕业找不到
工作就含泪回家继承家业。这"别人家的孩子"指的就是
薇兰，她怀揣着我早已遗忘的梦想，成为我读第二学历时

的同学。

她的第一次亮相充满荒诞的味道——第一节油画课就忘了带颜料。就在老师呵斥她出去罚站的时候，我怯生生地举起了手："老师，让她跟我用一套吧。"同班同学在一分钟内经历了三次惊吓：居然有人上油画课不带颜料？大学老师居然会罚站？还都不认识就有人愿意挺身而出？老师好像也不想第一次见面就把气氛搞得太僵，无奈地挥挥手，示意她进教室。她鞠了一躬，就没心肝地跑到教室后面，取了凳子和画架搬到我旁边。

"你真仗义，我叫薇兰，你叫什么？"

"没什么，叫我小拓就好。你的心可真够大的啊。"

她还是一脸不在乎地说："我一点都不喜欢画油画，我只喜欢素描。你呢？"

"我啊，没什么喜不喜欢的，多混个学位以后好找工作罢了。"

她"切"了一声，掏出铅笔："没劲，船到桥头自然直，才大二想什么工作不工作的？人这辈子可就大学时光最自在，可以没压力地尽情做自己喜欢的事。"

"此话怎讲？"

"你看哈，中学有升学压力，工作有生存压力，结婚有家庭压力。为老师活完为老板活，为老板活完为老公活，为老公活完为孩子活，是不是只有大学才能为自己活？"

我看她就好像在看一个还没过叛逆期的孩子，大概她被家里保护得太好，才会这么自我吧。"学习是为了你自己，工作是为了你自己，结婚生孩子也是为了你自己，不是吗？不过我们确实从生下来那天起就扮演着不同的社会角色，有时仔细想想，也会忘了真正的自己是谁。"

她对我老气横秋的论调毫无兴趣，自顾自地画起素描。

"你是不是还想被老师撵出去一次啊？"

她偷笑了一下："随便咯。反正我压根儿就没想带颜料。"

"算了，你画完，我帮你上色吧！我主要是替你爸妈心疼学费。"

"那……也行，你可别毁了我的大作。"

我无心再专研自己的画，时不时地看她进展到哪儿了。诚不我欺，她连围裙都没戴，只穿着橙色碎花连衣裙。虽然裙子的样式过时了点，但配上她梳得整整齐齐的双马尾，倒有了点音乐剧女主的复古味道。她挽起袖子，露出白皙的手腕，扶着画框的左手修长，没有戴任何饰品，淡雅、素秀。

"看什么呢？来吧，轮到你了。"她俏皮地说。

我接过画，笔在我手里微微抖动，我能感受到她的目光，就像刚刚我看着她一样。

40分钟一会儿就过去了，我把画递给她："看，我这色彩搭配是不是绝了？相信我的审美就对了。"

我没料想到的是，下课前的这句"相信我的审美"在之后的日子里被我说了无数次——陪她逛街买衣服时，一起装修房子时，她问我为什么喜欢她时。

她笑着端走画，端详半天后满意地点点头，又看了眼我自己草率画的东西。"有两把刷子，谢啦。不过，你自己的画都没画好。你放心，我下节课一定带着颜料，省得麻烦你。拜……"

"不麻烦……"我对着她离开的背影说。

"你又没带颜料？行啊你们，一堂课一个啊，我教了这么多年都没碰到你们班这样的，你也甭上了，出去吧。"

"老师，让他跟我一起画吧！"薇兰也毫不意外地举手说道。

"你们两个在这儿轮班呢啊？你先进去。"

我看着薇兰露出胜利的微笑。来之前室友宥龙嘱咐我："哎哎，你颜料没带啊，不是油画课吗？"我回到书桌前拿起颜料，踌躇半刻又放回原处："我想起来了，这节课改素描了。"

我搬了凳子和画架到薇兰旁边："咱俩互不相欠了。"这句"互不相欠"，我们毕业时也说过。"你家庭条件好，是该找个条件更好的。这些年你送过我很多东西，都在这张卡里。这是我四年来打工攒的。"

我知道她不缺钱，但我不想分手分得那么不体面，坐实她爸妈一口认定的说法：我是为了钱才跟她在一起的，虽然我知道她爸妈并一定真是那么想的。第一次见她爸妈时，我就拿出这张卡告诉他们："我攒了将近10万，以后打算买婚房用。"薇兰说过："咱们才毕业，不着急买房子。更何况我爸妈到时候肯定会帮咱们。"我说："不是急不急的问题，是希望你爸妈能看到我的诚意。"然而这点诚意在他们面前还是不够有诚意，只换来她爸的一句冷言："哈？买房？这是南京，你这点钱打算买什么样的房？你有看到薇兰从小到大生活在什么样的环境里吗？"

我从未因为自己的条件自卑过，因为我已经用力填补过了。我知道我已经比同龄人做得更好了。但我也知道，薇兰可以有更好的选择。这一点动摇不仅仅是因为她爸妈的阻拦，更是因为我们相处的三年时间已经把我们趁着分泌荷尔蒙建立起的一切美好的幻觉消磨殆尽。就像此刻的我们，有那么多话想说却彼此不言，任由她爸妈的话如锋刃一样划过我们的心脏。

"兰兰，妈妈不管你上学时怎么谈恋爱，但婚姻岂是儿戏？妈妈不是老古董，讲求什么门当户对，但起码你们要有共同的生活圈子吧？！你就想靠年轻时这点热情过一辈子吗？"

薇兰没说话。当她妈妈说这些话时，当我把卡递给她时，她都没讲话。我知道她心中的天平也在摇摆。不为别的，只因她说过，我们第一次见面的时候，我用画笔将她原本黑白的世界染成了彩色，如今它渐渐褪色了。

此刻，安静让我们的感情一点点冷却。而曾经，安静也可以让我们的感情升温。第三节油画课的时候，我们很有默契地都没带颜料，老师最终还是把我们请了出去。走廊上只有我们俩在站着，40分钟却一点儿都不漫长。我们相视一笑，为我们的默契得意，也为感受到对方的心意而得意。被罚站又如何，世界还是只有我们两个人。

不欢而散的一周后，我接到了她的电话，她心里终于有了答案："我们见一面吧……这几天我看了几套房子，我带上你的卡，再往里存点，放一起应该够付首付了。咱们去看看房子吧。"

她还是选择了迁就，选择退回到跟我一样的步伐，做了她曾不理解的事。

她父母还是反对我们交往，每当她气冲冲地回家，我就知道她又一次跟爸妈爆发了战争。不过我们之间再没燃起过战火，自从察觉我们有了共同的假想敌。那个"我们为什么要在一起"的问题逐渐变成"我们为什么不能在一起"，所有的反对声都汇成为我们助威的赞歌。

恭喜薇兰，她又一次选择了为自己而活。也恭喜我，在中规中矩的路上又"迈进"了一步。

我们相安无事。一直到三年后，我收到一家上海公司的offer（入职邀请）。

"我想趁年轻去大城市拼一拼。"

"难道只有上海才有工作？好工作对你就那么重要吗？"

"当然重要！不然我们努力上那么多年学是为了什么？"

"比我们的感情还重要？我们好不容易在上海路安顿下来，画画画，卖卖画，不好吗？"

"我们一年能卖出几幅画？难道你让我向反对我们俩在一起的你爸妈伸手要还房贷的钱吗？你忘了，你说想要一个大房子，一个房间当画室，一个房间挂满你最满意的作品。"

"但我更想要你啊！如果我只是想要大房子，为什么要跟你在一起？"

我无言以对，暗自想，她会不会后悔当初没听爸妈的话，选择一个跟她"同一个世界"的人，每天只做想做的事就可以怡然自得，能把自己的时间毫无顾忌地留给她。

　　第二天，她早早就把咖啡摆到了桌上。这是我们习惯了的仪式，争吵后必须隔日一早就用一杯咖啡的时间沟通明白。那一晚是冷静的时间，让各自过滤掉无助于解决问题的情绪。

　　"我给你两年时间，也给自己两年时间。"

　　来上海的那天，薇兰坚持跟我一起。她挽着我的手，好像全然忘记了来之前的争吵，笑着说："其实也挺近的，坐高铁两个小时就到了。我在家画画累了，就过来找你玩。"

　　上次来没觉得外滩人这么多，我死死地握着她的手，好怕在人群中走散。

　　"我送你到家就回去了。你在哪儿租的公寓？"

　　"南京东路。"

　　她甜甜地笑了："你在上海的南京路，我在南京的上海路。"

　　"所以，我是你的我，你是我的你。"

　　"好绕啊。"我们破坏气氛地哈哈大笑，牵着手走过上海的街道。

　　我们逛遍了这条路上的每一家店，连平时看都不会看一眼的糖果店也从一楼逛到二楼，看遍每件商品的价签。冰激凌、下午茶、街边小吃……跟这座城市的每对情侣一样，我们旁若无人地喂着对方。

　　走到我公寓的时候，南京东路上的店都已经打烊，只剩偶尔路过的酒吧还传出阵阵歌声。她紧紧地抱住我，在我耳边说："上海好美，难怪你这么想来。南京东路也这么好玩，但如果有一天我们不在一起了，我不会再来这里。这里只可以留下我们最美好的东西。"

　　"放心吧，你还会再来这里的。别忘了，你想去的那家爵士酒吧还没去呢，下回我提早订位置。"

　　之后的每一天，我们都会给对方发定位。"今天我也在上海路，你也在南京路……"还会保持通话，说着比在一起时还多的话。

　　"今天累吗？"

　　"累，不过一想到你的画室就不累了。"

　　"回来吧，我可以自己买呀。"

"我买给你的和你自己买的能一样吗？！别忘了，你是南京的上海，我是上海的南京。"

我们不会再分开了，我们已经参与对方的人生太多，每一次牵绊都给予彼此更强劲的动力。

"两年之期就快结束了，还觉得上海好吗？"

"哪儿都好，就是没有你。"

◆ 不问归期

　　我撕掉桌上台历的最后一页，放到旁边，整整齐齐，一共24页。距离他可以看手机还有2个小时，我还是给唯一置顶的他发送了消息："亲爱的，我今天特别想你，比昨天提前了些。"

　　"等待的时间不难熬，因为知道会有结果。"这是我常跟他说的话。

　　思媛粗鲁地推开门，哼着不正经的滥调把一束玫瑰丢到我桌上，好不得意。

　　"你终于压抑不住对我的爱了，要表白了啊？"我调侃着说。

　　她翻了个白眼，吊儿郎当地说："切，快睡吧，梦里什么都有。这是我男朋友送我的，交往100天的礼物，羡慕不羡慕啊，这才叫恋爱好吧？！"

我拿起花丢到她床上："就那么几天，还好意思在我面前炫耀。"

"时间长有什么用，你一年能见他几次？再看看我男朋友，一天不陪我试试看，当场让他变前任。"

"天天见是吧，那他都跟你说过什么还记得吗？"

"你能记住咋的？"

我拿起手机，打开我们的聊天记录，在她眼前晃了晃："看见了吗？都在这儿呢，就算记不住我也能查到。你说吧，想听我们哪天的对话。"猎杀时刻，就要看谁的笑更猖狂。

"这聊天记录都让你看'包浆'了吧？！那你就说说，认识的第一天你们说了什么。"

我往上翻我们的聊天记录，这也是我平时打发时间的最好办法，只是往上翻的时间越来越久，一直翻到思媛的白眼又上去了。

"喏，这就是咯……"

他：你好，请问我们认识吗？

　　这又是什么清理好友的语术？我一时想不起来这位仁兄是哪位。戳开他的空间，里面除了几条我压根儿分不清是足球还是篮球的动态，就是谁谁谁牛掰的怪话，头像相册里也都是卡通形象，毫无线索。再看看个人资料，啊，跟我一个高中的。

　　　　我：你也是二中的？那我们应该是校友。
　　　　他：对啊，我是15届17班的，是同学吗？
　　　　我：那你是学长，我是16届的。

　　回完他，我突然想起之前在空间里看到的很多同学转发过的高考加油视频，他就是那个原作者。他当时的头像正好是我追的一个动漫形象，就随手加了他。好友验证通过后，我们再没说过话。

　　　　他：这样啊，不好意思啊，我们班长会检查手机里有没有存陌生人，我就确认一下。
　　　　我：哈哈，你们班长还限制交友啊，是女班长吧？

他：不是的，我在当兵，是我们部队的班长。

我：兵哥哥？帅啊。

他：嘿嘿，本来是不帅的，穿上军装好像有点帅。

"哟呵，这年轻人，上来就弄这高甜份的对话，我得去打胰岛素了。"思媛瞬间消失，就像出现时一样猝不及防。这货就是特意上来跟我嘚瑟下男朋友送花给她了，炫完就闪人。不过我不嫌弃她，大一军训时，寝室姐妹们讨论哪个班的教官最帅，我也炫耀过自己有个在当兵的学长。

"学长？人家知道你是谁吗？"思媛说。

"我现在就给他发消息，惊艳你们所有人。"

我找到他的头像，点开，打开对话框，输入……说点什么呢？室友们看好戏的眼神仿佛也在问这个问题。

就在我还没想好措辞的时候，他的昵称旁显示"对方正在输入……"

我胸有成竹地笑了出来，盯着看他的消息什么时候发过来。"正在输入"的提示出现后又消失，没多久又出现。

看来这家伙比我还纠结要说点什么。等到姐妹们在旁边提醒我快一点时，等到我也有点不耐烦时，我直接给他发消息：“你先说。”

几乎同时，他也发来了消息：“你先说。”

　　我：别是自动回复吧，我说什么回什么？

　　他：在我的界面里，是我先发的。

　　我：哈哈，学长，我们不愧是同一个高中毕业的，自带默契值。所以，你刚才想说什么？

　　他：其实我也没想好要说什么，但我战友都不相信我有个在名校就读的学妹，想让他们长长见识。

　　我：说出来你可能不信，我们都沦为用来炫耀的工具人了，哈哈……

我们那天聊了好久，直到他要上交手机，直到室友们散去。那时的聊天是最美好的，每一句都充满未知，每一句都能了解对方更多。关于他的迷彩梦、他的当兵生活、他的日常训练，还有我的社团生活、我的冷门专业和我的奇葩室友们。我没好意思跟他抱怨军训有多苦，只说教官好严格，几次装中暑晕倒都被识破，还嘲讽自己选错了专业，应该去学影视表演。他告诉我，教官也是很难的，不把我们训得像样点没法儿交差。

从那天开始，我就不怎么害怕教官了，这大概也得益于他发了张军装照给我。看得多了，也就对迷彩装扮的人脱敏了。他还发了几张生活照，我直呼："你之前说得太对了，还是穿军装帅点！"

生活中的另一个改变是，我再没跟室友们一起出去吃过晚饭，那个时间正好是他可以用手机的时候。思媛跟我说过，她和男朋友随时都能发消息，也没像我们这样争分夺秒聊那么久。仔细想想也是，我们总有聊不完的话，对话晚一分钟开始或早一分钟结束都是种浪费。喜欢一个人大概就是从好奇对方的一切开始的，包括我未曾参与过的那段人生。

　　我：昨天我们聊到了8岁那年的事，今天给你讲我小学的故事……

　　他：初中我可叛逆了，我记得那次……

　　我：高考前，我在空间里转的那个视频，你知道是谁做的吗？

……

　　他：好了，现在我们来聊一聊20岁这年的事。

他说这句话之前，我从没意识到以"2"开头的年龄已离我这么近了。

　　我：大哥，本少女今年才19岁，关于20岁的话题就留给你自己说吧。

　　他：那怎么行？这个话题跟你有关，你还是得参与。

　　我：什么关系？

　　他：我的20岁，跟你有关。

"我的20岁，跟你有关。"我反复回味着这句话，喜不自胜。

谁说这么相处不好？我这不连表情管理都省了，对着手机上的字想做什么反应都可以。其实他会说这样的话本身没什么意外的。这段日子以来，他每天都把宝贵的休息时间和可以用手机的时间花在我身上，一切都心照不宣。我唯一有点意外的是，他这么一个粗线条的人，也会说出这种电影台词。第二天当他改了状态时，我就没那么意外了。他说——左手牵你，右手敬礼。

——为了公平起见，我的20岁也得跟你有关。

思媛又一脚踹开门，我就说寝室门早晚毁于她的铁蹄之下。还没等我数落她，她就先发制人地嚷嚷："不是吧，你还在这儿看聊天记录呢？我这都洗完澡回来了。"

"你最该洗洗的是你那颗蒙尘的心。哪一次咱俩逛街你不是接到男朋友的电话就半路闪人？你可曾想过我这颗脆弱的心受到了多大的打击，全世界都将我抛弃了。"我昂起头，噙着并不存在的泪水，这一波属于无实物表演。

"宝，你又何尝不是把我当备胎呢？！你家兵哥哥不在身边的时候才想起找我逛街，他发条消息，你连晚饭都不愿意跟我吃。其实我对你还是很重要的。你别忘了，上次你们俩吵架，是我陪你骂了他半个小时。"

"你还说呢，就知道拱火，那次明明就是个小误会。"

"那怎么是拱火呢？好姐妹生气的时候，难道要摆事实讲道理吗？陪你发火就是最好的情绪疏导。"

当时好像是那样。我掐着时间给他发了消息，然后期待像往常一样，几乎同时收到他的消息。一分钟、两分钟，今天他的动作有点慢啊。

五分钟、六分钟，发生什么事了，为什么还没有回？

十分钟，难道还有别人跟他发消息？男生还是女生？

十五分钟，还说左手牵我，没想到这么快就变了。

二十分钟，再发消息给他：什么情况？你人呢？为什么不回？人呢，人呢？

二十五分钟，原来再深的感情也可以在不到一年的时间内消失殆尽，终究还是他先厌倦了我们这样枯燥的相处模式。

三十分钟，如果爱情使人如此卑微，何苦强求？我要捞回最后的尊严，这将是我发的最后一条信息：关于还没回消息这件事，你最好有合理的原因。

四十分钟，可笑，真的可笑，我何必说得煞有介事，人家连解释都懒得解释。既然他可以在网上认识我，又为什么不能跟别人认识呢？当时他发的那句"我们认识吗？"不知道是群发给多少人的。

五十分钟，思媛陪我骂了一会儿就被男朋友叫出去吃饭了。我看着学校里一对对情侣从我身边牵手走过，从来没羡慕过，我愿意等。即便要等上几年，我都没抱怨过，可这五十多分钟的等待却让我如此煎熬。我躺在床上，浑身上下一点力气都没有，只有眼泪不受控制地噼里啪啦掉下来。

手机响了。我发誓不管这时是谁给我发骚扰消息，我都会打回去骂死他。我不想再次经历手机响起，以为是他，结果看到是无聊的人让我帮他投票、点赞、"砍一刀"。此刻我真的可以砍他一刀。

他：亲爱的，我来了！刚才临时有任务，才拿到手机。

不知道为什么，刚刚干涸的泪痕重新被润湿。就像经历劫后余生、噩梦初醒……就是那种毁灭一切又虚惊一场的感觉。还好寝室没有人，我可以用最大的声音哭出自己的委屈。

　　我没回复他，自顾自地哭起来，或许心底也想暗暗报复一下他。他直接打了过来，即便四下无人，我还是用不情愿的表情接了电话——此刻我的表情一定傲娇又欠揍。

　　"亲爱的，你哭了？对不起，对不起，真的是临时被安排了任务。"

　　"……没有啊，你没错，是我患得患失了。就在这一个小时里，我已经做好你不再理我的心理准备了。"

　　"那还是我的错，是我没给你安全感。你要相信我，其实我更害怕失去你。你说起的那些在运动会上拿第一的学长、在迎新会上唱歌很好的小学弟、上课时坐后排睡觉打呼噜的男同学，都让我觉得他们可能会是我的情敌。"

　　"你也不相信我吗？"

　　"不是不相信你，而是害怕陪伴的力量，害怕这些每天都有可能出现在你身边的人。"

　　"这一次我们又打平了！不过，你要知道，每天陪伴我的人不是他们，而是你。"

　　"亲爱的，我陪着你呢。我就是有点遗憾，不能在睡前陪你。你总说室友都是听着电话里男朋友的声音睡着的。要不我给你录段话吧，你留着睡觉前听。你想听情话还是故事？"

听到他说这些，刚刚那些难过瞬间烟消云散。

"啊，那倒不用了，我睡前都听曹晨的脱口秀。"

"曹晨？你们系的？大三还是大四的？"

这是我印象中我们唯一的一次吵架，严格说来是他被我单方面"屠杀"，他从来没跟我发过火。而那次之后，我再没胡思乱想过，时间的绳索已经把我们绑得足够紧了。更重要的是，我们都很珍惜宝贵的时间，不想把它浪费在无聊的争吵上。他在做有意义的事，我应该是他想到就会能量满满的存在，而不是负担。

"是不是啊？又发呆。没我陪你吐槽男友，你眼看着我们这一对对地秀恩爱，不得酸到猫被窝里哭啊？！"思媛让我的回忆终止。

"要不是我男朋友当兵保护着你们，你们能这么岁月静好地轧马路吗？"

　　我不酸，我马上也要见到我男朋友了。部队附近的那家奶茶店我已经积了好多分了，那是我们每次必去的地方。

　　"亲爱的，你这么爱喝这家的奶茶啊？这积分怎么我们见一次才涨一次？你们学校附近不也有一家店？"

　　"我平时都没喝过啊，我没那么爱喝。"

　　"下次换一家？再走远点，可能还有别的店。"

　　"不用了，我只喜欢这家。跟你在一起时，味道是不一样的，格外甜。"

　　奶茶不甜，他笑得甜。

　　"等我退伍，我们就结婚吧。你愿意等我吗？有点久啊，还有三年呢！"

　　"君子于役，不问归期。女子于礼，静候佳音。"我愿意等，此后你人生的每步规划，都与我有关。所以我愿意，待你保护国家的所有人归来，做我一个人的英雄。

　　"三年，不就三年吗？！跟一辈子比起来，不值一提。"

　　（本篇故事根据粉丝刘晶的真实故事改编）

· 安可 · 清醒梦

当我睁开眼睛，窗外天色已晚，路灯照得车水马龙的街道一片金黄。我抚平翘起的头发，呆呆地坐了起来，半天想不起我此刻在哪儿。是在沈阳？嘟嘟在哪儿？它每次发觉我睡醒，总会第一时间跑过来，扒着我的床沿吐舌头。是在北京？自从"不省人室"消失之后，我好像再没去过那里。是在上海？还在武康路的咖啡厅偶遇了一对"爱情长跑"进行了8年的情侣？他们似乎打算回老家结婚了。旅居的人在这座城市终究没能留下温度。

我爬起来走到书桌前，桌上那杯咖啡已经冷掉，电脑屏幕上的微信消息不停地闪着。我坐下来点开，来自导演的未读信息有34条。桌上的台历上用红色记号笔圈着今天的日期，旁边写着交稿日。我这才迷迷糊糊地想起刚刚——确切地说是中午——我刚打过电话，也不知道自己是什么时候睡着的。我起身去拿被自己丢在床上的手机。手机微微发烫，最近的一次通话记录是与心理医生的，时长是60分钟。

"突然不知道该怎么表达，我是个编剧。"

"你的职业不是一直在表达吗？"

"我不知道写过的东西多少来自记忆、多少来自幻想。"

"或许你需要观众。"

"观众跟着哭过、笑过之后，不会多看一眼片尾字幕里编剧的名字。"

"我是说，你的生活中需要观众，懂你的观众。"

在这个轻声哭都有回音的空房间里，只有电脑屏幕在认真当我的观众，文档上不断闪动的光标就是给我的回应。

我也曾有过观众，只是最后她们都发现了更入戏的演员。

在中午这通电话之前，米多来过。他说："有时太过投入自己的世界不是好事，太较真的人容易钻牛角尖。就像你一直写不出来的剧本，其实只要按照导演的要求来就行了。还有，但凡你降低点标准，也不至于单身这么多年。你是不是已经忘了恋爱是什么感觉了？"

我说恰好相反，就是因为一直记得恋爱的感觉，所以现在才没办法将就。

心理医生说，我的潜意识就是这么想的，这大概是种执念。

"现在你以最舒服的姿势躺下，慢慢清空大脑，有节奏地做很深很深的呼吸……"

我看到很多很多次的初次见面，以及很多次的不期而遇。爱情应有的模样在它拉开帷幕时毫无保留地展示出来，又落幕得让人猝不及防。剧情太短，还没来得及看到故事的高潮，剧中人就已散场。一部接一部，我分不清是梦还是现实，重逢时的画面太过清晰，好像真的发生过。

我重新回到电脑前，把桌上冷掉的咖啡一饮而尽，开始把梦中的画面噼里啪啦地敲进电脑，一直到深夜。

发给导演写好的剧本时，我没觉得有多高兴，只是在想：这次剧里的人会活过来吗？他们只存在于我的脑海中。

重新躺下的时候，下午喝的咖啡才开始发挥后劲。今天邀请谁来助眠呢？"那么，我们明天就凑齐这一小时吧……""你永远都是我的第一顺位，除非有一天你主动选择消失……"遗忘才是背叛，所以是我先背叛了你。我已经记不清你的任何表情，只剩一张面无表情的脸，成为我精神世界的提线木偶，被我逼着演着并不存在的续集。不过没关系，还有些情节让我记忆犹新。那些未完成的故事，就是忘不掉的执念。

那天很冷，眼泪流下来像刀子一样刮过我的脸。火车开走了，你用力抬了半天窗户也没打开，站台上的人都被泪水虚化成背景——我追着火车跑的背景。我看不清你的表情，大抵跟我一样难过，自顾自地发疯。围观的人逐渐散开，接下来是演员谢幕的时间。你发来短信："宝贝，别哭了，看着心疼。两个月很短，乖乖等我回来。"不，两个月很长，每一刻的等待都是凌迟；你也不会心疼，你只会长舒一口气，庆幸终于找到机会放弃我这个从相爱就开始猜忌、敏感、愤怒、癫狂的神经病了。我更心疼你，之前的几个月你给我发过太多消息。辛苦了，现在不再回复也正常。

我不恨你，我不该恨你；我恨你，我真的恨你。我为我恨你而惭愧，你成为我每个故事中的反面角色。这种卑微的报复，你身边的朋友不懂，她们只能看懂你社交媒体上矫揉造作的辞藻。她们更喜欢你这个只凭我的名字就可以有丰富剧情的"编剧"。她们看清你的时候，一定会推荐你去明星的公关团队上班。但她们暂时不会，她们等不及看清你就已啐我一脸口水。

所谓执念，有时就是化解不了的仇恨。我一直想知道我们为什么会结束。曾有人回答过我，她说："你编剧的光环闪到了我的眼睛，没能看清你真实的样子。"新剧发布会上，有个姑娘奋勇举手，我猜她是男主角的影迷。结果她说："你编的剧我都看过，我非常非常喜欢你，你有着吸引人的灵魂。"主持人大声起哄："在一起，在一起……"导演拍拍我的肩膀，拿起话筒："我们的编剧大人可一直是单身呢，把握机会。"终于遇到了懂我的人，可惜她并不认识我。我的灵魂里没有香味飘出来，那是出门前喷的临期香水。

难怪米多说："恋爱和婚姻是两件事，你要早点懂这个道理，孩子都能打酱油了。不过没关系，反正你迟早都会明白，不会一直这么幼稚的。"他的话好乏味，想想就犯困。只可惜我躺得太久了，后背有点疼。尿意最后战胜了睡意，等我爬起来又躺下去，头脑重新清醒。

　　我总是这么昏昏沉沉的，又突然清醒，最后懒得再睡。我"是有过几个不错的对象"——其实也没有多不错，只是很像你——但我不想听到这首歌[1]了。有段时间，你每天打来电话都让我唱这首歌给你听，这种惯性一直持续到分手之后。我终于下定决心做那个恶人，告诉你："以后不用打来了，我唱得并不好听，以前那些都是错觉。"我们站在操场上，都没有说话，却好像都听懂了，可能也都会错意了。

　　也可能不是，只是荷尔蒙消失后的两个人不能彼此理解罢了。我曾经在每个出差在外的夜里心绪难平，发了一堆不够体面的微信状态，连多年没联系过的老同学都劝我删掉。我听了他的话，删得一干二净。为什么他乡的夜里人总是会突然发疯，忘记所有好的回忆，只留下那份意难平？

　　我也不是一直这么听人劝的。我们刚刚在一起的时候，身边的朋友都劝我不要飞蛾扑火。男生的恋爱也是飞蛾扑火吗？顶多算盲目罢了。平时最信的星座博主提醒我们不配之后，我甚至取消了对他的关注。真的有人会因为朋友的劝

---

1 指林宥嘉的歌曲《说谎》，其中有歌词"是有过几个不错的对象"。

解而止步不前吗？如果冲动的部分被阉割掉，爱情还剩下什么？大概就是米多嘴里的婚姻吧。

他为什么说我幼稚？因为我还相信一些成年人都不再相信的东西，依然处于"右脑急速运作，左脑机动停摆"的状态。我没能让别人更多地了解我，包括我的观众。就连我自己也只能透过一个个压在潜意识里的东西被整夜的梦唤醒，在醒来的片刻恍然大悟。所以我去了很多城市，我想看看哪座城市最适合做梦。梦里什么都有，经历的一切都趁着我最没防备的深夜重新组合，朝我最期待的方向发展。那里有最懂我的人，也是另一个我自己。那里的规则不会过于失控或崩坏，所以睡着后的呼吸最顺畅。就像现在这样，忘记思考，无视逻辑，周围的一切都安静下来，只是突然响起的手机铃声略显突兀。可能是导演打来的，这个点他差不多看完剧本了，我也差不多该睡了，梦里有比他更需要我的人……

不知道铃声响了多久我才睡着，只是梦里的铃声依然很清晰。我睁开眼睛时，隔壁床的人扔过来的袜子刚好砸过来。

"你可算醒了！"他矫捷地跳下床，趿拉着拖鞋蹭到我床前，睡眼惺忪地看着我说，"你知不知道你的手机闹钟响了多久？全寝室的人都被吵醒了，就你睡得跟死猪一样。"

我呆呆地坐了起来，半天想不起我此刻在哪儿。

"我问你，田橙是谁啊？你昨晚说梦话一直在喊这个名字。"他贱兮兮地凑近了些，发酵一宿的口气扑面而来。我下意识地往后躲了下。

"田橙？"

"啊，一听就是个男生。咋的，金屋藏凤就罢了，还金屋藏龙啊？虽然你就叫龙。"

"龙？我叫什么？"

他不可思议地撇着嘴："我的龙，你咋了？昨晚跟JOJO聊失忆了？我就说经常熬夜会让你原本就不高的智商雪上加霜。"他摸了摸我的头，刚好抚平我翘起的头发，"不记得你自己叫什么不重要，记住我叫小拓就行了。"

"我做了一个好长好长的梦，梦里我是个编剧，不叫龙。"

"你先把影视编剧补考过了再做白日梦好吗？大清早就说胡话，那你倒告诉我，你在梦里叫什么？"

"晨。"

　　他转过身往门口走，用手抓了两下鸡窝一样的头发，顺势抖落一堆头皮屑。"那好，我的晨，别忘了今天去找欣玥……"

　　"欣玥……又是谁？"

　　他回头扬起下巴，眨了下眼睛，神秘兮兮地说："等你清醒了就知道了……"

◆ 曲终：咖啡时间

朋友问我最近在干吗，我说自己在写小说。隔着电话，我都能看到他头顶竖着几个问号。

我说："有什么问题吗？"

他说："写小说干啥？"

我说："为了梦想。"

"梦想？好几年没听说过这个词了。"这是他后来反复跟我说的，还追问了我好几次，"你是认真的？"

这年头不提点带名与利的动机，耿直人设都立不起来。但是，相识时间超过15年的朋友肯定都知道我是认真的。可惜，我没有认识这么久的朋友。（打扰了。）

现在一直保持联系的朋友中，认识时间最长的，就是我开始做电台节目时认识的朋友了。那时我的人设是"脱口秀演员加单身狗"。他们听说我要出书，第一反应是："有没有一种可能，你出的是笑话集？"

NO，不但是小说，还是爱情小说！我要偷偷单身，然后写爱情小说，惊艳所有人。很多听众坚信我压根儿没谈过恋爱，在母胎里就注定是单身。我只能反问一句："我在母胎里时，你们就认识我吗？"这难道是做脱口秀的人的悲哀？只能没心没肺地傻笑，连深夜伤感发条微博，都会被人问："曹哥，你是不是饿了？"

人总有很多面的嘛。今天是"脱口秀演员"还是"深沉男"，全凭早晨睁开眼睛那一瞬间的心情。所以，我写东西不算是老天爷赏饭吃，应该算是心情赏饭吃。今天感慨万千就动动笔，明天嘻嘻哈哈就动动嘴，总之饿不死就行。

其实，面对我这种"精分"的人，最难的还是编辑唐同学。当她问我某篇文章为什么这么写、到底想表达什么时，赶上我来感觉了，就说一堆话："这是怎样的意识流……这是怎样的巧思……你看哈，这段你看似无逻辑，恰好隐晦地展现出女主在爱情中感受到的不安全感。"等我从这种神神道道的状态中清醒过来，回头看聊天记录时，我都看不懂自己在说什么。唯有感慨一下："小姑娘不容易。"不过，有

时她仍充当了我的理智线，还极其关注我的生活状态："你
朋友圈里说的那部新电影好看吗？所以，这是在积累创作
素材吗？""你又去重庆了啊？交稿时间要到了，你有点
数。""上周在成都浪，这周在上海疯，稿子都是在飞机上写
的吗？"

以前看电视里作家被编辑催稿的桥段，一直觉得作家肯
定很有成就感。真发生在我身上，还是很有压迫感的。只要
自己没在写稿，做什么事情都惴惴不安。

一开始我想，如果"00后"是这本书的主要读者群体，
我应该怎么写呢？后来我参透了：收着点写就行。其实，在
这个年纪写刚刚好。小时候文笔稚嫩、三观未成，又有身在
其中的困顿感。现在重新看那时候发生的事，我有了很多新
视角。我从来不觉得从前的自己是幼稚的。当然不是因为我
现在还很幼稚，而是有些事在那个年纪做就是合理的，那么
想也是应该的，没有那种经历反而遗憾。长大后因为过于理
智，我很难找回那种奋不顾身、不计后果的冲劲。那时从未
想过一辈子，却觉得爱情拥有整个生命的重量。如果你问我
最喜欢爱情的哪个阶段，那必然是这本书的书名——乍见之

欢。两个人在一起久了，或许会升华成至亲。但最接近我理想中的爱情，是它刚开始甚至没开始时的样子。

我之前出过一首歌《下一秒心跳》，很多人看到歌词以为是首情歌。其实我写的并不是爱情，起码不完全是爱情。《乍见之欢》亦然。我把对很多事情的看法都融入进去了，希望你能够感受到。其实，我的电台节目能有那么多人听，大概也是同样的道理：不管对生活有什么样的思考，只用最轻松的方式表达出来。有营养但晦涩的东西，外面裹着糖衣，甜甜的，服下就好了。我对文字的驾驭能力还没达到做节目那种熟练程度，不过能够重新出发的感觉真好。

最后，感谢从小到大夸过我写作有才的语文老师们，你们真有眼光。

于2021年初雪夜